UNAS VACACIONES VAMPÍRICAS

UNAS VACACIONES VAMPÍRICAS

KIERSTEN WHITE

Traducción de María Martos Ripoll

Argentina – Chile – Colombia – España
Estados Unidos – México – Perú – Uruguay

Título original: *Vampiric Vacation*
Editor original: Delacorte Press, un sello de Random House Children's Books, una división de Penguin Random House LLC, New York.
Traducción: María Martos Ripoll

1.ª edición: marzo 2024

Copyright © 2022 *by* Kiersten Brazier
Copyright de las ilustraciones © 2022 *by* Hannah Peck
All Rights Reserved
Derechos de traducción gestionados por Taryn Fagerness Agency y Sandra Bruna Agencia Literaria, SL
© de la traducción 2024 *by* María Martos Ripoll
© 2024 *by* Urano World Spain, S.A.U.
Plaza de los Reyes Magos, 8, piso 1.º C y D – 28007 Madrid
www.mundopuck.com

ISBN: 978-84-19252-53-1
E-ISBN: 978-84-19936-37-0
Depósito legal: M-435-2024

Fotocomposición: Ediciones Urano, S.A.U.

Impreso por: Rodesa, S.A. – Polígono Industrial San Miguel
Parcelas E7-E8 – 31132 Villatuerta (Navarra)

Impreso en España – *Printed in Spain*

A todos los niños que son incapaces

de estarse quietos:

os entiendo. Sentaos a mi lado.

Alexander abrió la puerta de Wil y entraron. Las cortinas estaban cerradas de par en par, todo el espacio lucía tan sombrío como un cementerio encantado al anochecer. Wil seguía envuelta en las sábanas, no se le veía ni la cara.

—Tú te encargas de las cortinas; yo la rocío con el ajo —susurró Theo.

—¿Seguro que esto es buena idea? —Alexander no se había parado ni un minuto a pensar en lo que supondría salvar a una hermana adolescente de una existencia inmortal. ¿Estarían tomando la mejor decisión?

—Debemos hacerlo —le respondió Theo con voz solemne y decidida. Ningún malvado vampiro iba a arrebatarle a su hermana—. A la cuenta de tres.

Alexander asintió. Agarró con firmeza las cortinas al mismo tiempo que miraba por encima del hombro.

—Una… —Theo desenroscó la tapa del bote de sal de ajo.

—Dos… —susurró Alexander apuntalándose como si estuviera a punto de participar en una carrera y no supiera lo que encontraría tras la línea de meta.

—¡Tres!

Alexander abrió las cortinas de par en par. Wil se incorporó, las sábanas cayeron y le descubrieron la cara: tenía los ojos rojos y adormilados y no dejaba de parpadear.

—¡Aaah! —gritó Theo al mismo tiempo que vaciaba todo el contenido del bote de sal de ajo sobre su hermana.

Wil gritó y se frotó la cara.

Acababan de salvar a su hermana… ¿o de destruirla?

CAPÍTULO
UNO

E l día era claramente siniestro.

Sin embargo, no del encantador modo de la familia Sinister-Winterbottom. Si lo fuera de la manera Sinister-Winterbottom, sería un día para holgazanear en el patio trasero del edificio jugando a luchas de robots con hornos para galletas incorporados, como el señor Sinister-Winterbottom.

O sería un día para pintar murales a lo loco de mares sacudidos por la tempestad repletos de amigos con tentáculos mientras las galletas se hacían en el horno de la lucha de robots, como la señora Sinister-Winterbottom.

O sería un día para pasarlo con la nariz pegada a la pantalla del teléfono mientras el ceño fruncía unas cejas increíblemente expresivas, como Wilhelmina Sinister-Winterbottom.

O sería un día para correr a toda velocidad, sentir el viento enredándose en el pelo, la hierba azotando las espinillas desnudas y gritar de alegría, placer y algo similar al enfado, como Theodora Sinister-Winterbottom.

O sería un día para mirar de manera pensativa el difuminado paisaje por la ventanilla del coche, de preguntarse a dónde se dirigían y todo lo que podría salir mal allí por ser incapaz de imaginar que todo sería un remanso de diversión, tranquilidad y que *nada* iría mal, como Alexander Sinister-Winterbottom.

Bueno… pensándolo mejor, este día *se parecía* más a Alexander Sinister-Winterbottom.

Unas pesadas nubes oprimían la atmósfera, cerniéndose más de lo que normalmente las nubes lo hacían, como si también les preocupara el día y no pudieran guardárselo para sí mismas. Se acercaban cada vez más a la tierra, observando al enorme coche aguamarina que vagaba a una velocidad alarmante por una carretera solitaria.

—Está demasiado oscuro para ser solo mediodía —comentó Alexander, incapaz de tragarse el apretado nudo de preocupación que tenía en la garganta. Le encantaban las tormentas, cuando estaba en su casa, acurrucado en el asiento cercano a la ventana con una taza de chocolate caliente y un buen libro, y su madre canturreaba en alguna estancia de la planta baja mientras su padre se peleaba por meter las peleas de robots dentro del garaje. No obstante, ahora no estaba en su asiento cercano a la ventana ni tenía chocolate caliente ni un buen libro ni a sus padres y seguía sin saber por qué los habían desterrado a él y a sus hermanas a pasar el verano con su misteriosa tía Saffronia.

La cabeza de Theo golpeaba sin cesar el vidrio de la ventana del coche, como si fuera el peor tambor del mundo. Ella odiaba los viajes en coche. Era incapaz de leer sin marearse, así que solía escuchar audiolibros, pero no había ningún estéreo, solo una vieja radio que tenías que sintonizar girando unos botones. La tía Saffronia parecía feliz al tener la radio sintonizada entre dos emisoras. El exasperante ruido blanco de la interferencia llenaba el coche. De vez en cuando, Theo *juraría* que escuchaba unas voces susurrando en la interferencia, solo que lo hacían en un tono demasiado silencioso como para poder comprenderlas.

Esto le molestaba, porque ya eran muchas las cosas que no comprendía. ¿Por qué sus padres los habían despertado en mitad de la noche y los habían abandonado con la tía Saffronia hacía una semana? ¿Por qué ni siquiera los habían llamado desde entonces? ¿Por qué se sentía enfadada y triste al mismo tiempo cuando no quería sentirse así y por qué esos grandes sentimientos la alborotaban como si tuviera una colmena entera de abejas enfadadas en su interior?

Mantener la cabeza pegada contra la ventana hacía que le vibrara el cráneo y que los dientes le castañearan. Eso era lo más cerca que estaba de poder moverse mientras estuviera recluida en el coche, así que presionó más fuerte todavía la frente contra el cristal. Este trayecto parecía ser interminable.

¿Acaso habían pasado por casa de la tía Saffronia después de salir del parque acuático Diversión a Caudales? Theo miró a Alexander. No vestía el bañador y ambos estaban completamente secos. Se ve que sí, que habían vuelto a casa de su tía para ducharse y cambiarse de ropa, pero… Theo era incapaz de recordar nada de eso. Se habían subido al coche en Diversión a Caudales y ahora volvían a estar en el coche de camino a algún otro sitio, pero su cerebro era incapaz de unir los puntos sobre lo que había sucedido entre medias.

—Qué raro —murmuró volviendo a apoyar la cabeza contra la ventana.

Alexander no necesitaba saber lo que a Theo le resultaba extraño. Todo era extraño, y eso a él no le gustaba, le dolía el estómago por todas las cosas que no le agradaban y que estaban haciendo a pesar de todo lo raro que les estaba sucediendo.

Sentada en el asiento del copiloto estaba Wil, tenía dieciséis años y, por tanto, era cuatro años mayor que los mellizos Alexander y Theo, y, por tanto, como todos los hermanos mayores suelen hacer siempre, se sentaba en el asiento de delante (como si llevar unos años más en la Tierra los colocara en primer lugar para todo, siempre). Wil dejó de teclear frenéticamente cuando recibió un mensaje.

—Edgar —murmuró, y una sonrisa soñadora apareció y le cambió la expresión de concentración intensa que tenía en la cara.

—¿Edgar? —reaccionaron Alexander y Theo al mismo tiempo mientras se incorporaban. Edgar era un socorrista del parque acuático que habían abandonado tras una semana repleta de diversión.

Bueno… tras dos días repletos de diversión. Antes de esos dos días de diversión hubo varios días de arteros Widow, bigotes amenazantes, túneles aterradores y supervivencia en bibliotecas. La mayor parte del tiempo que habían pasado en Diversión a Caudales había sido más bien estresante y, a veces, aterrador, gracias a una hermana gemela y a su secuaz. Sin embargo, terminó con una avalancha de reuniones de los verdaderos Widow y con la reinstauración del esplendor gótico del parque y, como todo terminó bien, los tres Sinister-Winterbottom no podían sentir más que alegría al recordarlo.

Por supuesto, Wil sintió *algo* más que alegría cuando Edgar le escribió.

¿Y quién podía decir lo que la tía Saffronia sentía? Su cara seguía siendo extrañamente confusa, como si se la viera a través de muchas capas de grueso cristal. Su mirada nunca parecía enfocarse en aquello que la rodeaba. A excepción de ahora, momento en que se giró y miró el antiguo cronómetro que Theo seguía llevando colgado del cuello.

—Emm —dijo Alexander.

—¿Tía Saffronia? —continuó Theo.

—¡Tendrías que estar mirando a la carretera! —terminó Wil, se trataba de una crítica bastante dura teniendo en cuenta que provenía de una chica incapaz de despegar la vista del teléfono.

—¿Ah, sí? —La tía Saffronia inclinó la cabeza, el pelo negro parecía moverse a cámara lenta, como si estuviera atrapada bajo el agua.

Theo se preguntó por un breve y extraño instante si de verdad la tía Saffronia necesitaba ir pendiente de la carretera. El coche seguía avanzando derecho, como si se condujera solo, pero eso era imposible. Un coche tan antiguo que ni siquiera tenía un buen equipo estéreo no podía tener una opción de conducción automática... ¿verdad?

—¡Por favor, mantén los ojos en la carretera! —chilló Alexander a quien se le estaban pasando por la mente cientos de maneras en las que el coche podría estrellarse.

La tía Saffronia se rio, era un sonido similar al de un carillón de viento. No como el tintineo de uno reluciente y metálico, sino como el de uno viejo hecho de madera y cuyos colgantes no hacen más que repiquetear entre sí.

—Ingenuo —dijo—. Si mis ojos estuvieran en la carretera, eso sí que te asustaría. Mejor los mantengo en la cara. —Entonces hizo una pausa para girarse lentamente para mirar de nuevo por el parabrisas—. A menos que a los niños les gusten ese tipo de cosas.

Alexander y Theo intercambiaron una mirada de perplejidad. Aunque eran mellizos, casi no se parecían. Theo tenía el pelo castaño y corto para no tener que preocuparse en peinarlo. Se lo apartaba de la cara con una cinta que hacía que se le levantara de manera salvaje, lo que le daba un aspecto similar al de un erizo.

El pelo de Alexander también era muy corto, pero no tanto como para no tener que peinarlo. Seguía haciéndolo con mucho cuidado cada mañana y, a veces, más de una vez al día. Al igual que Theo, tenía los ojos marrones y pecas por encima de la nariz. A diferencia de su melliza, no tenía las rodillas llenas de hematomas y cicatrices y, también a diferencia de Theo, había conseguido pasar toda la semana en el parque acuático sin quemarse. Seguía teniendo su blanca piel tan blanca como de costumbre.

Mientras que Theo se rascaba los hombros, lugar donde el sol la había quemado.

Wil tampoco se había quemado, tuvo la oscura piel perfectamente protegida ya que pasó la mayor parte del tiempo haciendo lo mismo que solía hacer la mayor parte del tiempo sin importar dónde estuvieran: mirar a Rodrigo, su querido teléfono.

Aunque, cada vez más, parecía que lo que la pequeña pantalla de Rodrigo le mostraba no le gustaba. La sonrisa producida por el mensaje de Edgar ya había desaparecido y la había reemplazado un ceño fruncido de frustración mientras tiraba de manera distraída de una de sus múltiples y largas trenzas. Si su padre estuviera allí, ya le habría recordado con cariño a Wil que no se tirara del pelo.

Sin embargo, su padre no estaba allí, así que el pelo de Wil no tenía a nadie que cuidara de él.

—¿A dónde vamos? —preguntó Theo—. ¿Cuándo vamos a llegar? ¿Cuándo van a recogernos nuestros padres?

—¿No vamos a pasar por casa para recoger nuestras cosas? ¿O es que se trata de una escapada de un día? ¿O es que vamos a reencontrarnos con nuestros padres? —Alexander no fue capaz de contener el tono esperanzador de su última pregunta.

Por desgracia, la tía Saffronia era muy buena en eso de solo escuchar las preguntas que quería escuchar.

—Todavía no hemos terminado.

—¿Con el trayecto? ¿O con las vacaciones? —inquirió Alexander, desesperado por conseguir una respuesta clara. Todo lo que recordaba de cuando los abandonaron con la tía Saffronia era que fue en mitad de la noche, que su madre intentó con todas sus fuerzas sonar animada, pero que en sus ojos había preocupación, que su padre había guardado apresuradamente muchos de sus robots más impresionantes y que, además, también habían colocado en círculo, por alguna razón, un montón de velas encendidas, pero eso era todo.

Desde entonces, el único contacto que habían tenido con sus padres fue una carta que habían dejado en el equipaje de Alexander. Su madre tenía una manera de hacer el equipaje que parecía mágica: cada vez que Alexander abría la maleta, encontraba justo lo que necesitaba tanto si se trataba de un par de pantalones cortos extra para surfear, de su camiseta más suave para dormir o de un paquete extra de hilo dental, que los dientes nunca se van de vacaciones. Así que cuando Alexander encontró la carta de su madre, pensó que contendría lo que necesitaba: respuestas, explicaciones. Una búsqueda del tesoro que terminaría con la reunión con sus padres.

Sin embargo, en lugar de eso, se encontró con una carta en la que le decía que fuera prudente, a Theo que fuera valiente y a Wil que hiciera uso de su teléfono. Todo lo que decía sobre la tía Saffronia era que debían escucharla, excepto cuando no debieran hacerlo. Y algo sobre reunir unas herramientas. Cosa que resultaba extraño, ya que no estaban en casa con su padre, que siempre perdía sus materiales para construir robots.

Alexander suspiró, se sintió aplastado por una inminente tormenta. La tía Saffronia no iba a contarle nada. Era como la mayoría de los adultos que pasaba por la vida a toda velocidad sin explicar nunca las cosas desconcertantes que sucedían a su alrededor.

Theo no iba a darse por vencida tan fácilmente con la obtención de respuestas. Quizá si dividía las oraciones, si hacía las preguntas de una en una, eso le sería de ayuda a la tía Saffronia para responder. A veces cuando un profesor le daba a Theo demasiadas instrucciones al mismo tiempo, ella era incapaz de saber qué tarea tenía que hacer en primer lugar, de manera que terminaba por no hacer ninguna y dedicarse a construir una elaborada torre de bolígrafos, pegamento y gomas. Su madre era muy buena ayudándola a organizar sus ideas, que solo tenían una velocidad: *rápido*.

Sin embargo, trataría de ir más lento para poder obtener las respuestas de la tía Saffronia.

—¿Dónde estamos? —preguntó Theo.

—En el coche —suspiró la tía Saffronia con preocupación—. Me dijeron que erais brillantes, que podíais encargaros de esto, pero a veces lo dudo. Es demasiado pedir para cualquier niño, y mucho más para una que no es capaz de distinguir cuándo está dentro de un coche.

Theo se aguantó las ganas de tirarse del pelo.

—¿A dónde vamos?

—A ninguna parte —respondió la tía Saffronia—. Ya hemos llegado.

El coche paró de golpe. Se había estado moviendo tan rápido que el paisaje se desdibujaba, y ahora se había parado y ninguno de los hermanos podía recordar el frenazo, ni siquiera la reducción gradual de la velocidad. Sin embargo, eso fue algo que el sobresalto que sintieron cuando terminaron de leer el cartel hizo que olvidaran fácilmente. Normalmente la lectura era una actividad que Theo y Alexander encontraban agradable, pero cuando leyeron el mensaje del cartel que tenían delante de ellos no se lo pareció:

BIENVENIDO A LAS MONTAÑAS
DE LA PEQUEÑA TRANSILVANIA

NOS MORIMOS DE GANAS DE CONOCEROS

CAPÍTULO

DOS

—S oy yo o ese cartel parece... —empezó Alexander.

—¿Inquietante? —sugirió Theo.

—¿Algo amenazante? —completó Alexander.

—¿No saben que las palabras «bienvenidos» y «nos morimos» no casan juntas?

—Justo lo que buscamos —respondió la tía Saffronia, que señaló algo con el dedo. Detrás del cartel de bienvenida había otra señal.

—«El Spa Sanguíneo» —leyó Wil, que levantó la mirada el tiempo suficiente para ver las palabras.

—«Un destino para toda la familia» —terminó de leer Alexander. Esa frase le entristeció, porque ¿cómo era posible que fuera para toda la familia si la suya no estaba completa?

—Pienso protestar como vea una sola pasa, por muy pequeña que sea —refunfuñó Theo, a quien le habían negado unos churros en el parque acuático y amenazado con pasteles de carne y pasas. Este viaje tendría que estar repleto de manjares para compensar lo de la semana anterior, pero era incapaz de imaginar un *spa* que tuviera churros. Los *spas* eran para relajarse, y «relajarse» era la palabra que los adultos utilizaban para referirse a hacer cosas que eran sanas y aburridas. Theo no quería comer alimentos nutritivos ni charlar sobre sus sentimientos ni sentarse en silencio acompañada únicamente por sus pensamientos. Le parecía *horrible*.

—Vamos —dijo la tía Saffronia—. Os quedaréis aquí toda la semana. Es tiempo suficiente. Y recordad: prestad atención. Necesitamos que prestéis atención.

—Pero si no tenemos nuestras cosas —replicó Alexander. Era imposible que él no recordara haber pasado por casa de la tía Saffronia para volver a hacer las maletas para un nuevo viaje.

—Sí que las tenéis.

—Ah —reaccionó Theo al mismo tiempo que se miraba los pies. Las maletas, que inexplicablemente habían pasado desapercibidas hasta ese momento, estaban justo a su lado. Wil asió su mochila sin preguntar y salió del coche.

Sin embargo, la tía Saffronia no se movió.

—Espera, ¿no vienes con nosotros? —A Alexander su tía le resultaba confusa y un poco desconcertante, pero a falta de sus padres, a él al menos le gustaría que un adulto los supervisara. A Alexander le encantaba la supervisión adulta. Era lo que hacía que el mundo tuviera sentido, que todo pareciera más seguro y que él tuviera la certeza de que todo el papeleo se rellenaría correctamente.

Las puertas de atrás del coche se abrieron.

—¿Cómo es posible que un coche que no tiene una radio que funcione sí que tenga piloto automático y apertura de puertas automáticas? —meditó Theo en voz alta mientras salía atropelladamente al camino empedrado, contenta de ser libre.

Alexander permaneció en su asiento.

—¿De verdad no vas a venir?

La tía Saffronia sacudió la cabeza.

—No es mi terreno. No puedo encargarme de esta tarea. Solo vosotros podéis.

Alexander salió sin prisas. Se puso de pie al lado de Theo, que estaba dando saltos de impaciencia, y Wil, que estaba mirando a Rodrigo.

La tía Saffronia se asomó por su ventana. No recordaban que la hubiera bajado. Miró hacia un punto más lejano del que ellos se encontraban, a un sendero estrecho que atravesaba el bosque. No se parecía a la entrada de un *spa*, pero, de nuevo, los hermanos Sinister-Winterbottom no habían estado nunca en uno.

—Recordad —repitió la tía Saffronia—, tenéis que prestar atención. Y cubríos el cuello mutuamente.

—Querrás decir que nos cubramos las espaldas mutuamente, ¿no? —musitó Wil molesta.

Sin embargo, la tía Saffronia ya se había marchado. Una curva en la carretera se tragó el coche, y los hermanos Sinister-Winterbottom volvieron a quedarse solos, a expensas únicamente de los amenazadores árboles.

Y, obviamente, de las criaturas que había en ellos que no eran pocas, aunque, invisibles a la vista de los niños.

—Esperad —dijo Alexander—. Estamos en... ¿Transilvania?

He aquí un resumen de la historia de Transilvania, historia de la que Theo era conocedora debido a su pequeña obsesión con Vlad Drácula, el histórico príncipe rumano que inspiró al ficticio vampiro, Drácula:

Transilvania se encuentra en Europa. Este hecho no varía, al igual que muchas de las localizaciones geográficas, no es que Transilvania recoja periódicamente sus cosas y decida irse de vacaciones a la playa o a esquiar o a visitar a una tía desconcertante de la que nunca ha escuchado hablar. No obstante, *en qué parte* de Europa se encuentra Transilvania sí que cambia debido a las fronteras que establece la gente. Una frontera es una línea imaginaria, igual que esas que dibujas en medio de tu habitación para marcar qué lado es el tuyo y cuál el de tu hermano y así poder acercarte tanto como puedas a la línea con tal de iniciar una discusión.

Las fronteras son, literal y exactamente, eso mismo, solo que para países en lugar de para hermanos.

Transilvania ha sido Transilvania. Ha sido Hungría. Ha sido Valaquia. Ha sido Rumanía. Ha sido Dacia. Ha sido gobernada por Bulgaria, por los otomanos, por parte del reino Habsburgo, por parte del imperio austrohúngaro y de nuevo por Rumanía. La historia de Transilvania se parece al juego de atrapa la bandera y el que no caiga, siendo Transilvania tanto la bandera como el objeto a mantener en el aire.

Sin embargo, durante todo este tiempo, lo único que nunca cambia es que Transilvania es uno de los lugares más hermosos del mundo. Árboles del color verde más intenso; rocas del gris más oscuro; elevadas montañas atravesadas por ríos turbulentos y serpenteantes; prados de hierba y flores a mansalva y ciudades medievales de piedra construidas sobre las colinas.

Otra cosa que nunca cambia es que, independientemente de quien gobernara, de las líneas imaginarias que se trazaran, borraran o volvieran a dibujar mientras los países se enrabietaban, enfrentaban y discutían sobre a quién le tocaba limpiar el armario o recoger la papelera que se había volcado, Transilvania permanece en el mismo sitio donde siempre ha estado: en Europa.

Alexander y Theo estaban un noventa y tres por ciento seguros de que no habían viajado hasta Europa.

—No se puede conducir hasta Europa desde América, ¿verdad? —preguntó Alexander. Le gustaba más leer sobre mitología y misterios que sobre no ficción, y aunque había hecho los deberes y memorizado todos los países y sus capitales en quinto de primaria, ya se le había olvidado.

Le entraron sudores fríos. ¿Y si esto era un examen y *de verdad* tenía que saberse todas las capitales de todos los países del mundo y se metía en problemas? ¿O si habían escogido la salida equivocada y habían acabado en Europa? Estaba seguro de que a sus padres, que no los dejaban ir a jugar a casa de los vecinos sin permiso, no les gustaría nada que fueran a jugar a otro *continente* sin permiso.

Theo prefería leer sobre no ficción. Hacía unos años, antes de la fase Vlad Drácula, había tenido una fase de puentes y túneles submarinos, del mismo modo que otros niños tienen las fases de vaqueros, de fans del anime o de aprender a acceder ilegalmente a bases de datos ultrasecretas haciendo uso únicamente del teléfono móvil.

—No —contestó Theo bastante segura de que no había manera de llegar desde América a Europa conduciendo—. Está claro que no estamos en la verdadera Transilvania. Sin embargo, a veces, cuando la gente se muda a un nuevo lugar que le recuerda a su antiguo hogar, bautizan al nuevo con el mismo nombre que el anterior.

—Es una forma de llevar contigo tu hogar allá donde vayas —comentó Alexander al mismo tiempo que deseaba poder hacer exactamente eso.

Aunque los Sinister-Winterbottom nunca habían viajado a Transilvania, sí eran capaces de apreciar los árboles gigantescos y verdes. Bajo las ramas, la brisa azotaba los helechos.

Una babosa del tamaño del pulgar de Theo reptaba lentamente por el camino de delante de ellos, unas rayas amarillas le recorrían el negro cuerpo dando una falsa sensación de velocidad.

—¿Por qué la tía Saffronia nunca nos acompaña dentro? —masculló Wil—. Lo menos que podía hacer era encargarse de registrarnos. Yo estoy ocupada.

—¿Ocupada con qué? —inquirió Theo, ya que Wil estaba tan ocupada como siempre, es decir, nada ocupada, pero pegada al móvil.

—En realidad —intervino Alexander—, lo menos que la tía Saffronia podía hacer, ya que, como sabéis, fue lo que nuestros padres le pidieron, era *vigilarnos*. —Se tiró del cuello de la camisa y reajustó su agarre de la maleta. Aunque bajo los enormes árboles había sombra, el día seguía siendo húmedo. Casi echaba de menos la fantasmal calma de Frío Mar Desconocido, la piscina de olas de Diversión a Caudales. Casi, pero no del todo.

Sin embargo, ahora que Alexander había empezado a preocuparse, no podía parar. Solía pasarle a menudo. Una sola espina de preocupación hacía que se transformara en todo un cactus.

—Es un *spa* familiar —continuó—. ¿Y si no nos dejan entrar sin un adulto al no ser un núcleo familiar completo? Podrían dejarnos tirados. —Alexander observó los árboles para seleccionar uno bajo el que dormir, pero entonces se imaginó cómo las babosas lo recorrían mientras dormía, y eso le llevó a pensar en el resto de las cosas que estarían vagando por allí. Que solo hubiera visto babosas no significaba que no hubiera otros animales.

Y Alexander estaba en lo cierto. De hecho, había otros animales que él no era capaz de ver y que no vería hasta el anochecer. E incluso entonces, le resultaría muy complicado verlos, aunque *ellos* sí que lo verían *a él*...

—Vamos. —A Theo le habría encantado la idea de dormir a la intemperie del bosque, ojalá ocurriera. Sin embargo, estaba centrada en hacer el registro, lo que le parecía algo muy largo y aburrido, para así poder hacer las actividades que fuera que hubiera en un *spa*, actividades que también le parecían aburridas. No obstante, al contrario que Alexander, ella guardaba la esperanza de que hubiera *algo* divertido.

Wil, con la mirada fija en Rodrigo, empezó a caminar en dirección al bosque. Theo la agarró el brazo y la condujo hacia el camino.

—¿Qué demonios estás haciendo con ese trasto inútil? —le preguntó Theo. A veces se ponía celosa de Rodrigo, como si este fuera una persona en lugar de un teléfono carente de vida. A pesar de que Theo sabía que era la hermana preferida de Wil, ya que era su única hermana y, por tanto, también la menos preferida, dato que Theo prefería ignorar, le molestaba que Wil solo le prestara atención a Rodrigo.

—Estoy buscando —respondió Wil.

—¿Tal y como nos ha dicho la tía Saffronia? —preguntó Alexander, quien todavía no era capaz de deshacerse de esa sensación de haberse olvidado de entregar una tarea escolar—. Nos dijo que prestásemos atención. ¿Qué querrá decir?

En Diversión a Caudales les había dicho que tenían que encontrar lo que estaba perdido y que necesitaban tiempo. Resultó que no le importaba nada el asunto de la desaparición del dueño del parque. Solo quería que encontraran el cronómetro que Theo llevaba ahora colgado al cuello. Alexander esperaba que eso formara parte de su búsqueda del tesoro familiar anual, pero sin la presencia de sus padres, casi que no podrían tener una búsqueda del tesoro familiar. Aun así, se preguntaba por qué la tía Saffronia se había alegrado tanto al ver el cronómetro.

La mente de Theo cavilaba en la misma frecuencia. Aunque eran niños muy distintos, Theo y Alexander solían pensar lo mismo como consecuencia de llevar juntos desde su nacimiento. Theo suspiró con melancolía. Cuando alguien está melancólico es porque quiere algo que no tiene. En este caso, ese algo era lo mismo que Alexander quería: que su familia se reuniera y se juntara al completo en una búsqueda del tesoro. Theo acarició el cronómetro pensativa.

—¿Os acordáis del año que tuvimos que sumar todas las fechas de nacimiento y de muerte de las tumbas de los Sinister en el cementerio para obtener el número que acabó por ser las coordenadas GPS donde mamá y papá habían enterrado el tesoro?

—Esa me gustó —respondió Wil, cosa que les tomó por sorpresa ya que no se esperaban que ella estuviera escuchándolos de verdad. En esa búsqueda, Wil hizo todos los cálculos mentalmente, sin ayuda de ninguna aplicación calculadora; Theo plasmó las coordenadas en el mapa, y Alexander se inventó todo el trasfondo, y algún que otro poema gracioso, a partir del nombre de las tumbas que tenían que visitar.

—A mí también —secundaron Alexander y Theo.

—Bueno, vamos. —Wil se recolocó su mochila más arriba de la espalda; Alexander arrastró su maleta; y Theo continuó observando los árboles para ver cuáles eran los mejores para escalar, a pesar de que nadie le había pedido que lo hiciera.

—Me pregunto quién haría este camino —cuestionó Alexander. No estaba asfaltado, pero parecía muy usado. Tenía la molesta sensación de que todo eso no era más que una gran broma y de que estaban caminando por un largo sendero hacia la nada. Sin embargo, la tía Saffronia no parecía ser muy bromista.

De todas formas, se supone que los *spas* son sofisticados, ¿no? Este sendero no era sofisticado. Estaba rodeado de árboles y helechos, que se acercaban de manera cada vez más sigilosa al sendero, como si trataran de convencerlo de que no guiara a los niños hacia su destino, sino hacia un lugar más profundo del bosque del que nunca pudieran salir. No tenía sentido que fuera el camino hacia un *spa*. ¿Y si la tía Saffronia los había dejado en el sitio equivocado?

—¿Es eso? —preguntó Theo al mismo tiempo que señalaba. No es que tuviera muchas ganas de llegar al *spa*, pero notaba que Alexander sí y quería ser de ayuda. Solo llevaban andando ocho minutos y veintisiete segundos, los estaba cronometrando, pero cuando no sabes a dónde vas, los caminos suelen hacerse mucho más largos de lo que en realidad son. Esa es la peculiaridad del tiempo. Siempre se pervierte para acelerarse o ralentizarse, normalmente al contrario de tus deseos. Ese era uno de los motivos por los que a Theo le gustaba tanto su cronómetro. Podía capturar el tiempo, mantener su transcurso al mismo ritmo al que debía ir.

—¿El qué? —preguntó Alexander tratando de vislumbrar lo que Theo estaba viendo. No había ningún edificio, nada que pareciera un *spa*. Solo había una infinidad de árboles que hacían que resultara imposible ver más allá de unos metros por delante de donde estaban y un revoltijo de enormes rocas a la derecha del camino, a punto de caer.

Alexander entrecerró los ojos, confuso por lo que estaba viendo. Un revoltijo de enormes rocas… con una puerta de metal pequeña instalada en una de las rocas, rematada por un teclado en el que había que introducir un código.

Era imposible que eso fuera el *spa*. No había carteles a su alrededor, ni ninguna alfombra de bienvenida y nadie sería capaz de encontrarlo a menos que estuvieran pendientes de buscar una buena oportunidad para escalar. La mayoría de la gente no baja por los caminos de los bosques de la Pequeña Transilvania buscando lugares que escalar. (A menos que piensen que, de alguna manera, escalar podría mantenerlos a salvo, aunque, por supuesto, no lo haría. Había muchas cosas que podían cazarte en el bosque y que también podrían escalar o que ni siquiera necesitaban hacerlo para alcanzar lugares altos).

—Me pregunto... —empezó Alexander, pero, en ese mismo momento, gritó consternado. Porque Wil no se estaba preguntando nada, sino caminando, con la nariz pegada al teléfono, directamente hacia el borde del barranco.

CAPÍTULO

TRES

Alexander y Theo soltaron las maletas, agarraron la mochila de Wil y la hicieron caer de espaldas.

—¡Eh! —gritó enfadada—. ¡Que casi hacéis que se me caiga Rodrigo!

—¡Y Rodrigo casi hace que te caigas tú por un barranco! —Alexander no pudo evitar imaginarse a Wil cayendo. Se puso la mano en el pecho para tratar de frenar el ritmo de sus latidos, pero fue incapaz de ponerle fin a su temor. El miedo le siguió recorriendo el cuerpo y llenó su mente de imágenes horribles.

Cerró los ojos y, a partir de un truco que su madre le enseñó para cuando perdía el control de sus pensamientos, dijo en voz alta para sí mismo:

—Para.

Theo, que no estaba teniendo problemas con su subconsciente y a la que le encantaba la adrenalina que le provocaban las alturas, caminó hacia el borde y miró hacia abajo.

—Hay un montón de rocas geniales que habrían parado tu caída, Wil. —Desde ese ángulo, el barranco no parecía ser muy complicado de bajar escalando, y a Theo le recorrió una ola de entusiasmo. ¡Quizás ese era el motivo por el que el sendero terminaba allí! ¡Llevaba hasta el barranco porque una de las actividades del *spa* era escalar! O lo *opuesto* a escalar, que en ese caso no era caer, sino tratar de caer a propósito con ayuda de unas cuerdas. Theo siempre había querido hacer rapel—. Venga, vamos a registrarnos. —Le dio la mano a Alexander para que se diera prisa.

Alexander lo apreció porque que Theo tirara de él le ayudó a tirar de su cerebro para que dejara de pensar en situaciones catastróficas relacionadas con barrancos, babosas, dormir a la intemperie y caer rodando en sueños barranco abajo hasta aterrizar en un nido de babosas. ¿Las babosas construían nidos? ¿Cómo reaccionarían si alguien irrumpiera en su nido?

—Es cosa mía —comentó Theo—, o Wil está todavía más sensible que de costumbre con el tema del móvil.

—Será mejor que estemos pendiente de ella —respondió Alexander. Se sentía responsable, a pesar de ser el más pequeño por cuestión de segundos; Theo y él habían nacido de la mano, pero, como de costumbre, ella fue la primera.

Los mellizos rodearon un árbol viejo muerto que había caído en medio del sendero.

—Wil —la llamó Theo mientras esperaba a que Wil llegara a trompicones a la altura del camino en la que ellos se encontraban. Wil no rodeó ni saltó el árbol, sino que se chocó con él y luego lo trepó con dificultad y de manera rara—. ¿Por qué no buscas dónde está el *spa* para ver cómo de cerca estamos?

—Estoy ocupada —replicó Wil, que al menos los estaba siguiendo y logrando, al mismo tiempo, evitar cualquier nuevo encontronazo con el borde del barranco.

Theo continuó avanzando con Alexander, que, nervioso, no quitaba su mano del codo de Wil. Sin embargo, el camino pronto hizo que se detuvieran de golpe, algo que los desconcertó a todos.

En lugar de llevarlos a un hotel o a un *spa*, el pequeño y sucio camino terminaba en un estrecho hueco situado entre dos imponentes setos. Los setos eran tan altos que bloqueaban la vista de cualquier otra cosa que no fuera el cielo. Las ramas estaban muy pobladas, estaban cubiertas con hojas de un color verde ceroso oscuro con los bordes finos y afilados, como si estuvieran esperando a que alguien las tocara para darles una lección. Eran imposibles de atravesar o de escalar.

Alexander miró de arriba abajo, pero los troncos eran gruesos y el seto estaba justo encima de ellos. No había otros senderos además de por el que habían llegado. No era capaz de ver ningún otro camino a su alrededor.

—Esta tiene que ser la entrada, ¿no? —preguntó Theo confundida. Se adentró y miró primero a un lado y luego al otro. El suelo estaba cubierto de grava, como si se tratara del reflejo del gris de las nubes del cielo. Era un camino muy cuidado, algo que resultaba confuso ya que no parecía que llevara a ninguna parte y si Theo no hubiera avanzado un par de pasos, ni siquiera habría podido ver el estrecho hueco por el que había entrado. Estaría perdida.

Se giró para dirigirse a sus hermanos.

—Creo que es un laberinto. —Se le empezó a acelerar el pulso, pero no porque estuviera preocupada, asustada o se preguntara cuándo encontrarían comida y un aseo cubierto, como sí que le pasaba a Alexander. No, su corazón se había acelerado porque estaba emocionada. Le encantaban los laberintos y, al contrario que los túneles que recorrían Diversión a Caudales, que solo eran un poco laberínticos, este era un laberinto real, uno de verdad, un laberinto de esos que te hacen pensar en quién ha tenido el valor de crear un laberinto como este.

—¡Vamos por la derecha! —ordenó Theo al mismo tiempo que avanzaba con confianza.

Alexander se quejó y siguió llevando a Wil agarrada del codo. Theo giró dos veces más a la derecha hasta que se encontraron en un callejón sin salida. Cuando esto pasó, volvió sobre sus pasos y cuando volvieron a dar con otro callejón sin salida, de nuevo retrocedió sobre sus pasos, mientras creaba mentalmente un mapa de por dónde habían pasado con la esperanza de encontrar el camino por donde tenían que ir.

Podría hacer eso todo el día.

Sin embargo, Alexander no, así que no fue poco el alivio que sintió cuando se dio cuenta de una cosa.

—¡Mirad! —exclamó—. Aquí la grava está un poco revuelta. —Parecía como si unos piececillos hubieran caminado por el camino que acababan de escoger.

Theo frunció el ceño, dubitativa.

—Parecen las huellas de un niño pequeño. ¿Qué te hace pensar que conozcan el camino que tenemos que seguir mejor que yo?

—Al menos vamos a intentarlo, ¿vale? —Alexander ansiaba salir del laberinto. ¿Y si no les dejaban registrarse y les negaban el acceso al *aseo*? Por desgracia, Alexander había caído en la trampa más cruel que la naturaleza había creado: preocuparse por necesitar ir o no al aseo cuando no tienes acceso a uno disponible es la mejor manera que hay para hacer que necesites ir al baño.

Molesta, Theo siguió el rastro de huellas. Hubo un par de veces en las que pensó que lo había perdido, cosa que no le habría importado, ya que quería resolverlo por sí misma, pero resultaba inevitable que cada poco volviera a encontrarlo. Se le daba bien encontrar cosas y también estaba muy, pero que muy motivada.

A mitad del laberinto, llegaron a un claro pequeño y circular. Allí había una fuente de piedra que estaba seca, hacía tiempo que había desaparecido toda el agua que podría haber salido de ella para hacer de estas vistas una escena agradable. A primera vista, la estatua de la fuente parecía una persona envuelta en una tela y además lucir un sombrero con dos picos grandes. No fue hasta que se fijaron que se dieron cuenta de que, en realidad, era un murciélago enorme envuelto en sus propias alas, que se ceñía sobre ellos al mismo tiempo que mostraba los colmillos.

—Eso… no me gusta —dijo Alexander.

—¡Mirad! ¡Las huellas! —Theo no se había fijado mucho en la estatua, ya que no era un elemento que influyera de forma alguna en el laberinto. Sin duda, volvería a entrar para repetirlo por sí misma, pero por el bien de Alexander, estaba siguiendo las huellas como si se tratara de las líneas de un mapa del tesoro. Siguieron el rastro un par de giros, vueltas y esquinas y, entonces, tan rápido como el laberinto los había atrapado, atravesaron la entrada de un arco y salieron de forma inesperada a un prado muy cuidado.

Había redes para jugar al bádminton, una pista de voleibol, un circuito de cuerdas e, incluso, una piscina, aunque Alexander ya había pasado tiempo más que suficiente en piscinas y dentro del agua ese verano.

—¡No es de olas! —gritaron Theo y Alexander al mismo tiempo, uno de ellos con desencanto y el otro con alivio, no es un misterio saber qué emoción se correspondía con cada uno de los mellizos. Sin embargo, también había un tobogán coronado con la cara de una gárgola siniestramente familiar.

—¿Será del mismo diseñador? —musitó Alexander intentando no ponerse nervioso. Al final, Diversión a Caudales había acabado siendo divertido, a pesar de todo lo *espeluznante* que había sido antes de que llegara la diversión.

Theo estaba demasiado emocionada como para percatarse de la gárgola. Bosques, grandes acantilados, un laberinto, ¡además de un circuito de cuerdas, deportes y una piscina! El *spa* no hacía más que mejorar por momentos. Al menos lo que podían ver, que no era más que ese prado. Los setos del laberinto los acechaban a la espalda y eran la barrera que separaba los terrenos del *spa* del bosque. Alexander redirigió con cuidado a Wil lejos de la entrada del laberinto, ya que estaba a punto de adentrarse de nuevo en él.

—Me pregunto cuánto tiempo le llevaría salir del laberinto si la dejáramos entrar sola —aventuró Theo.

—Me pregunto cuánto tiempo le llevaría darse cuenta de que está dentro del laberinto —añadió Alexander.

—Sí, alucinante —murmuró Wil en un intento vago por mostrar que estaba prestando atención. Los mellizos agarraron a Wil cada uno por un codo y le dieron la vuelta, pero lo que vieron les sorprendió tanto que tiraron de ellos.

—¡Oye! —se quejó Wil, cuando Rodrigo acabó en el suelo—. ¡Tened cuidado, tontos!

Sin embargo, ellos estaban demasiado ocupados como para tener cuidado o como para mirar abajo y ver aquello que Wil estaba haciendo con su teléfono. Si lo hubieran hecho, habrían obtenido más preguntas que respuestas, siendo la primera de todas: ¿por qué estaba Wil buscando necrológicas antiguas, es decir, artículos sobre personas muertas que los periódicos publican?

Theo y Alexander solo tenían ojos para el *spa* que se alzaba imponente ante ellos, aunque el término «spa» quizás no era el mejor nombre para referirse a él. Si acaso, se parecía más a un castillo. Estaba construido con el mismo tipo de roca gris oscuro que predominaba en los espacios entre los árboles y que, de manera similar, también parecía predominar en este espacio. En el centro había una torre con una aguja que parecía tener la función de perforar las nubes y hacer que les lloviera encima. Las paredes del *spa* eran altísimas, tenían pinchos y pequeños torreones que parecían estar tratando de hacerse con un bocado del cielo. Unas ventanas estrechas aparentaban observar de manera sospechosa a los recién llegados que vagaban por el prado.

Alexander se dio cuenta aliviado de que no parecía haber nadie tras el cristal de la ventana de la torre y, ya que estaba, del de ninguna de las demás ventanas.

—No hay Widows a la vista —le dijo Theo mientras le daba un codazo.

Alexander asintió.

—Este sitio parece…

—¿Increíble? —sugirió Theo.

—Parece…

—¿Prometedor?

—Parece… desconcertante —concluyó Alexander, porque aunque no había nadie tras los cristales, no podía desprenderse de la sensación de que las ventanas lo estaban observando.

CAPÍTULO

CUATRO

—Edgar dice que el *spa* es divertido —dijo Wil, que casi se cae en la piscina, pero que redirigió sus pasos en el último momento. Alexander y Theo se apuraron para llegar a su altura.

—¿Él ha estado aquí? —Eso reconfortó a Alexander. A Edgar le gustó y a él le gustaba Edgar, así que ese era motivo suficiente para que a Alexander pudiera gustarle el sitio también.

—¿Va a venir? —preguntó Theo. A ella también le gustaba Edgar. Aunque a ninguno de ellos le gustaba *de verdad* Edgar, no como a Wil.

—No —respondió Wil con un todo de voz triste—. Tiene demasiado trabajo en Diversión a Caudales ahora que vuelven a tener clientes.

Rodearon el *spa* en busca de una entrada. Era un edificio muy grande y solitario situado en medio de un bosque rodeado de acantilados. Era como si alguien hubiera estado jugando a un videojuego, hubiera despejado una parcela de árboles para crear el edificio más épico y de dimensiones terroríficamente abismales posible, y luego lo hubiera abandonado.

Por fin, llegaron a la parte delantera. Se habían acostumbrado tanto a la tranquila soledad del bosque que fue toda una sorpresa para ellos encontrarse con una fila de coches y otra de gente, una despotricando de impaciencia y cansancio y la otra, de impaciente cansancio.

—Aligera —le espetó un hombre a su hijo, que estaba sacando tres grandes maletas de su coche—, que ya vamos tarde. Ya debería de llevar una hora relajándome.

Su hijo, que aparentaba la edad de los mellizos, terminó de sacar la última maleta.

—Tendremos que relajarnos el doble para poder compensarlo —respondió con el ceño fruncido—, pero si nos esforzamos en relajarnos, entonces no estaríamos relajados, ¿no?

—Déjate de tonterías y anda. —El hombre lo empujó hacia el interior pasando por al lado de una madre que estaba haciendo el recuento de sus cuatro hijos.

—Uno, dos, tres, cuatro. ¿Tenemos cuatro hijos? —preguntó con los ojos abiertos de sorpresa—. Son demasiados. ¿En qué estaríamos pensando?

Los cuatro niños se encogieron de hombros. Estaban dispuestos en una fila que disminuía de tamaño progresivamente según su altura, al igual que el símbolo de las barras de cobertura del teléfono de Wil.

—Parecen las figuras de una muñeca rusa —le susurró Alexander a Theo, que se rio por lo bajo y que trató de disimularlo tapándose la boca con la mano, ya que no sabía si era de mala educación reírse de ese comentario. Sin embargo,

Alexander tenía razón. Si abrías al mayor de los niños, cosa que no se debe hacer porque los niños deben permanecer cerrados, podrías encajar al siguiente más mayor en su interior y así sucesivamente hasta llegar al más pequeño de todos, que habría encajado en el centro de todos los mayores.

Además de la familia muñeca rusa había una madre alta y un padre bajo desabrochando a dos niños muy pequeños de unas sillitas con cierres tan complicados que incluso a un escapista profesional le habría llevado años desatar por completo. El padre estaba sudando y la madre estaba murmurando algo entre dientes que Alexander no estaba muy seguro de que a él le dejaran decir.

—¿Por qué está todo pegajoso? —preguntó el padre.

Su ojiplática hija levantó el biberón y lo sostuvo boca abajo para ver cómo el contenido goteaba lentamente sobre las manos desesperadas de su padre, que estaba intentando encontrar el último lazo que tenía que deshacer. Su hermano, un bebé algo más grande, se quitó el chupete y lo metió poco a poco en el pelo de su madre.

—¿De dónde ha sacado un chupete? —se lamentó la madre levantando las manos, desesperada—. ¡Yo no puedo desatar todos estos nudos!

El bebé se movió como una medusa y, de alguna forma, se liberó por sí mismo. Ni siquiera un escapista profesional puede competir con un bebé que quiere liberarse de algo fabricado para contenerlos, de ahí que los artistas del escapismo sean algunos de los mayores defensores de ilegalizar el dar a luz. No soportan la competencia.

—No están haciendo una buena labor de recolección —comentó alguien. Theo se giró para ver a una chica de más o menos su edad. Tenía el pelo largo y negro, casi como los ojos, que también eran negros, que no largos, esa era una característica bastante impropia de unos ojos. Asimismo, al contrario que los ojos, tenía el pelo recogido en dos tensas trenzas que le colgaban desde el enorme sombrero de vaquero que vestía. Tenía un trozo de cuerda en las manos, que retorcía y anudaba sin mirar lo que estaba haciendo—. ¿Pensáis que necesitan ayuda? —Se dirigió rápidamente hacia donde estaba el bebé más grande, que se estaba aprovechando de la distracción de sus padres para encaminarse hacia el bosque.

—Esto es… demasiado —reaccionó Alexander. Tras pasar una semana en Diversión a Caudales donde no había casi nadie, tener que esperar en una fila caótica solo para poder entrar en el *spa* resultaba un poco decepcionante.

Theo apenas podía soportarlo. Odiaba esperar. Era incapaz de imaginar algo más aburrido y eso que ni siquiera estaban esperando la fila para el circuito de cuerdas, un puesto de churros o cualquier otra cosa similar que mereciera la pena. Estaban esperando una fila para registrarse en un hotel, que ni siquiera era divertido.

—Hay demasiada gente —masculló Theo. Seguro que tendría que turnarse para hacer rapel.

A Alexander tampoco le gustaba tener que esperar pero le *reconfortaba* la presencia de tantos padres. No iban a ser unas vacaciones tan extrañas como las pasadas en Diversión a Caudales, donde tuvieron que arreglárselas solos en un parque acuático abandonado. Esto no iba a ser más que pasar una semana normal en un *spa*.

Fuera lo que fuera pasar una semana normal en un *spa*. Ni siquiera sabía lo que era. Que él supiera, sus padres nunca habían ido a uno y, desde luego, tampoco lo habían llevado nunca a uno.

—Es como si… hubieran dejado de existir —murmuró Wil para sí misma—. No localizo sus teléfonos, no han usado las tarjetas de crédito y tampoco me responden a nada.

—¿Quiénes? —Theo se puso de puntillas para mirar por encima de la familia muñeca rusa y tratar de averiguar a cuánta distancia estaban del mostrador para registrarse. Cuanto antes se registraran, antes podrían irse: irse a la piscina, al laberinto, a ver las opciones de rapel.

Wil, como era de esperar, hizo caso omiso a la pregunta. Formularle a Wil una pregunta directa o contarle algo mientras estaba absorta en Rodrigo era algo parecido a abrir la nevera y gritar en ella tus esperanzas y sueños. Cómo no, la leche, la mantequilla, los huevos y las sobras de la pizza estaban allí presentes, pero no tenían la capacidad de oírte ni de interesarse por lo que les dijeras, aunque al menos había sobras de pizza en ese supuesto.

Alexander estaba ocupado buscando un folleto o un mapa o algo que pudiera estudiar. Al haber pasado por alto el mapa de Diversión a Caudales no había tenido acceso a la biblioteca durante los primeros días. Seguro que un sitio como este tenía una biblioteca. Quizás hasta tenía teatro. También quería darse una vuelta por las cocinas para asegurarse de que su manera de preparar la comida era segura y de que todos los chefs tenían el certificado de manipulador de alimentos en regla. La comida en Diversión a Caudales no estaba contaminada, pero no era comestible. Esperaba que aquí tampoco estuviera contaminada y que *además* fuera comestible.

Por fin, cruzaron el umbral de las enormes puertas de latón y se adentraron en el vestíbulo. Afortunadamente, en contraposición al calor húmedo previo a una tormenta que hacía fuera, dentro hacía fresco.

Al imaginarse un *spa*, Theo había evocado la imagen de un montón de muebles de color blanco, acero y cristal. Todos modernos, elegantes y del estilo de los adultos esperando a que los manchen.

Este no tenía nada que ver.

Los suelos estaban hechos de madera oscura; las paredes, de tablas de madera blanca; todos los muebles eran de madera y estaban tapizados con terciopelo. Normalmente un sitio con tanta madera parecería muy rústico, sin embargo, todo estaba pulido, todas las molduras estaban talladas y todos los brazos de las sillas, cuidadosamente decorados con curvas, florituras y, de vez en cuando, con la cabeza de un lobo sobre el cuerpo de un dragón. Desde luego, no era un sitio moderno, ni siquiera resultaba tan rústico, sino sorprendentemente impactante. El techo se elevaba muy por encima de sus cabezas, unas vigas oscuras se entrecruzaban por encima de un elaborado candelabro que tenía encendidas velas de verdad.

Theo pensó que el candelabro estaba muy bonito. Alexander pensó que había riesgo de incendio. Wil nunca llegó a mirar hacia arriba, de manera que no opinaba nada de nada.

—¿El candelabro está hecho de... huesos? —preguntó Alexander mientras estiraba el cuello para mirarlo.

—Lo mismo son cuernos —respondió Theo. Al tratarse de un espacio cavernoso tan oscuro y sombrío, parecía haber secretos escondidos en cada una de las esquinas, detrás del batir de una cortina de terciopelo o debajo de la curva de la sonrisa de un lobo. Parecía como si estuvieran entrando al set de rodaje de una película. Una película con la que Alexander pondría alguna excusa para salir de la habitación en vez de quedarse a verla, y que Theo estaría encantada de ver aun sabiendo que sería incapaz de dormir durante una semana.

En el centro del vestíbulo, sobre una alfombra de color rojo intenso, como si fuera una isla en medio de una piscina de color rojo intenso y en la que era mejor no pensar demasiado, había un imponente mostrador, tras el cual había una chica menos imponente. Aparentaba la edad de Wil, tenía la piel color oliva y el pelo oscuro. Tenía los ojos abiertos de par en par, como si estuviera a punto de gritar, pero su sonrisa permanecía firme, e hierática mientras escuchaba las críticas sobre el caos del registro, anotaba los datos de los clientes y entregaba las llaves.

La fila continuaba avanzando y, por fin, los hermanos Sinister-Winterbottom llegaron al mostrador.

—Hola —saludó la chica. En la chapa con su nombre, de latón viejo, al igual que las grandes puertas de entrada, se leía MINA. Vestía una blusa blanca de cuello alto, una chaqueta negra con rayas finas y morada bien abotonada que llegaba a la altura de una ostentosa falda negra decorada con encajes morados—. ¿Tenían reserva?

Wil no levantó la vista de Rodrigo.

—¿Qué? No lo sé.

—¿Hay algún problema? —intervino Alexander, a quien le empezaba a invadir el pánico. ¡La tía Saffronia no había reservado! ¡Los iban a echar! ¡Tendrían que dormir en el bosque! Probablemente las babosas estarían dando círculos de la emoción mientras esperaban a que llegara.

Mina sonrió a Alexander, el gesto de su cara se transformó, ya que se trataba de una sonrisa genuina en lugar de una sonrisa de sonrío-porque-es-mi-trabajo-sonreír-pero-me-muero-de-ganas-de-tirar-este-portapapeles-al-suelo-y-salir-corriendo-y-gritando.

—No te preocupes. No estamos completos. Puedo conseguiros una habitación. —Mina le guiñó el ojo. Alexander se sintió raro, como si tuviera la cara pegada en la superficie del sol y le latiera todo el cuerpo en lugar de solo el corazón.

—Eres guapísima, Mina —comentó Theo, realista—. ¿A que es guapa, Alexander?

La vergüenza que Alexander sentía era similar a la que se siente cuando te anudan la corbata demasiado fuerte. ¿Por qué *había tenido* Theo que hacer ese comentario?

Por suerte, Mina volvió a sacar a Alexander del apuro al contestar ella antes de que él tuviera que hacerlo.

—Gracias. Eres muy amable. ¿Cómo os apellidáis? Lo necesito para registraros.

—Sinister-Winterbottom —respondió Wil.

—¡SERÁ UNA BROMA! —gritó Mina. Su voz resonó por todo el vestíbulo.

CAPÍTULO

CINCO

lexander se encogió sobre sí mismo como si fuera una tortuga. Odiaba que le gritasen y había acertado con todas sus preocupaciones: *estaban* saltándose algún tipo de norma al estar allí sin sus padres. No podrían registrarse ni quedarse allí. Tendrían que volver al bosque. Alexander desconocía si las babosas eran tóxicas (¿venenosas? ¿Solo algo perjudiciales?), pero tendría que descubrirlo por las malas.

El entrecejo fruncido de Theo brillaba. Tampoco le gustaba que le gritaran, pero, al contrario que Alexander, ella no se escondía, sino que respondía.

—¿Por qué no podemos registrarnos? —inquirió.

—¿Hay algún problema? —Wil no parecía estar preocupada o, si lo estaba, se lo estaba guardando todo para Rodrigo. Miraba a la pantalla del teléfono como si fuera una nevera en la que no hubiera ni rastro de las sobras de pizza.

—¡Sí! No, perdón, vosotros no sois el problema. —Mina miró hacia las puertas. Alexander y Theo se dieron la vuelta.

Había una ráfaga de terciopelo negro, un movimiento jaleoso detrás de una viga, pero no vieron cuál era el problema. La sonrisa de Mina volvió a ocupar el lugar que le correspondía—. ¿Por dónde íbamos? —Le echó un vistazo al grupo de personas que estaban esperando y que estaban golpeando el suelo con el pie, aclarándose la garganta y mirando sus respectivos relojes. Mina metió la mano en el bolsillo de su chaqueta a rayas diplomática y sacó un reloj de bolsillo—. Oh, oh. Nos hemos retrasado. El Conde quiere que la orientación empiece ahora.

—¿El Conde? —preguntó Theo.

—Es solo que... Hay muchas cosas que hacer y solo estoy yo para hacerlas. —Pasó una ráfaga de aire húmedo y la mirada de Mina volvió a centrarse—. O, al menos, *debería* encargarme solo yo. —Theo y Alexander miraron por encima del hombro para ver entrar a la chica de las trenzas y el sombrero de vaquero quien, alegre, guiaba a los cansados padres que cargaban con sus bebés pegajosos.

¿Por qué a Mina no le gustaba esa chica? ¿O no le gustaban los bebés pegajosos? Lo primero era un misterio, pero lo segundo era bastante razonable.

Mina volvió a sonreír y cambió de tema.

—Dejad que compruebe en el ordenador si tenéis una reserva. —El ordenador de Mina era viejo, y el ventilador de su interior zumbaba muy fuerte mientras tecleaba algo en el ruidoso teclado—. S-I-N-I-S- Oh, qué interesante. —Mina frunció el ceño y continuó tecleando algunas letras más—. Dice que no hay ninguna reserva a nombre de los Sinister.

—¿Has escrito el guion? —le preguntó Alexander, que no quería arriesgarse. En Diversión a Caudales, no habían terminado de leer el formulario de exención de responsabilidades y eso estuvo cerca de arruinarlo todo. No iba a volver a arriesgarse a que algo similar ocurriera de nuevo—. Porque nuestra madre era Sinister, pero luego se casó con nuestro padre, así que nosotros somos Sinister-Winterbottom.

—Nuestros padres querían utilizar tantas letras del alfabeto como pudieran —masculló Theo. Su nombre completo era Theodora Artemisia Sinister-Winterbottom, y combinado con Wilhelmina Camellia Sinister-Winterbottom y Alexander Hawthorne Juniper Rowan Alder Sinister-Winterbottom (como él había sido el último al que habían puesto nombre, su madre había incluido todos los segundos nombres que se le habían ocurrido, en lugar de ceñirse a elegir uno solo), podían rellenar casi toda una página escribiendo únicamente sus nombres.

Mina sonrió.

—Estoy segura de que la inclusión de Winterbottom no es un problema. Os daré la Suite Harker. Es un grupo precioso de habitaciones. Normalmente alojamos en ella a abogados, pero solo cuando han hecho viajes muy largos. Dejad que rellene el libro de huéspedes, mientras vosotros ¡NO MOVÉIS NI UN SOLO MÚSCULO!

De nuevo, Alexander se encogió de miedo, Theo frunció el ceño y Wil ni se inmutó.

—Lo siento. No es a vosotros. Es… Tomad. —Mina les tendió una gran llave de metal. Pendía de un llavero de latón grabado de forma muy elaborada en el que se leía Suite Harker—. No la perdáis, por favor. Perdemos demasiadas llaves y papeles importantes y zapatos, pero solo los del pie izquierdo. —Al mismo tiempo que mantenía la mirada fija en una esquina cercana al techo donde ni Theo ni Alexander podían ver nada, Mina garabateó S-Winterbottom en el libro de visitas, además del número 3 y Suite Harker, luego les mostró una sonrisa de agobio—. La reunión de orientación es en la sala genial, que está al lado de la sala aceptable, que está enfrente de la sala decepcionante. Si podéis dejar vuestras pertenencias en la habitación y apresuraros a la orientación, podremos empezar. ¡Hola, bienvenidos al Spa Sanguíneo! —dijo saludando a la siguiente familia de la fila, que se acercó y apartó a los Sinister-Winterbottom del mostrador.

Theo y Alexander arrastraron sus maletas hacia un lado del vestíbulo, sin saber a dónde ir.

—Voy a llevar mis cosas a la habitación —les informó Wil mientras se alejaba y se chocaba con una armadura con la que ni siquiera se disculpó antes de continuar andando.

—Es cosa mía —empezó Theo mientras miraba a Wil con los ojos entrecerrados—o…

—No, sigue sin ser cosa tuya —la cortó Alexander con un suspiro de preocupación—. Y tampoco es cosa de Rodrigo. A Wil le pasa algo. Desde que llegamos a casa de la tía Saffronia, Wil nunca se ríe a carcajadas al ganar o grita «¡A llorar a la llorería!» ni siquiera ojea el móvil con ojos vidriosos. Está…

—Tramando algo o metida en algún lío —completó Theo, que comprendía mejor que Alexander tanto lo que era estar tramando algo como lo que era estar metida en algún lío.

—Pues tendremos que estar ojo avizor con ella.

Theo abrió los ojos tanto como pudo, luego se puso bizca. Alexander se rio, agradecido porque al menos Theo estuviera de su parte. Eran un equipo.

Un equipo que tuvo que cargar con sus maletas hasta la habitación. Le echaron un vistazo a la pila de maletas que había acumuladas en la esquina del vestíbulo. Nadie había subido las suyas, sino que las habían apilado allí para que Mina se encargara de ellas. Finalmente, Mina terminó con los registros y se situó en medio del caos. Tenía aspecto de estar cansada y perdida.

—¿La ayudamos? —propuso Alexander. Mirar a Mina hacía que se sintiera extraño, y no quería mirarla, pero tampoco quería *no poder* mirarla. La razón por la que a los flechazos se les llama así es porque atraviesan de manera literal tu capacidad de pensar con claridad: te gusta alguien de forma especial, pero precisamente porque te gusta de esa manera especial estar a su alrededor es *completamente miserable*.

—¡Claro! —A Theo no le importaba mirar a Mina de un modo u otro, pero ayudarla a subir el equipaje significaba que podrían ver muchas partes del hotel, *spa*, castillo o lo que sea que ese edificio fuera, y a ella le encantaba explorar. También le encantaba ver las habitaciones y las casas de otra gente, siempre sentía curiosidad por cómo vivían. Todo el mundo era un misterio, y, ya que a ella no le interesaba leer sobre misterios como a Alexander, le gustaba recopilar pistas observando las habitaciones, los salones y los interiores de las neveras. Se puede saber mucho de una persona al ver los ingredientes que tienen sus sobras de pizza.

Atravesaron el vestíbulo hasta llegar a Mina.

—¿Podemos ayudarte? —le preguntó Theo.

—Vaya, qué amables —respondió Mina—, pero no podría pedíroslo.

—Y no lo has hecho —señaló Theo—. Nos hemos ofrecido.

Alexander quería decir algo, pero la conexión entre su cerebro y su lengua se rompió tan pronto como tuvo a Mina delante.

—Supongo que es cierto —admitió Mina con una sonrisa de agradecimiento—. En ese caso, ¡PARAD INMEDIATAMENTE E ID A VUESTRA HABITACIÓN!

El corazón de Alexander casi se detiene al escuchar la orden de Mina.

—¿No quieres que te ayudemos?

—¿Qué? —Mina parpadeó en su dirección, momento en el que Theo y Alexander se dieron cuenta de que no les *había* gritado a ellos. Había estado mirando arriba, a las vigas que atravesaban el techo. Ambos miraron hacia arriba, pero no vieron más que sombras que se ensombrecían cada vez más por la luz intermitente de las velas del candelabro.

—¿A qué venía eso? —inquirió Theo.

Mina juntó las manos, su tono de piel brillaba y parpadeaba como las velas.

—Sí que quiero que me ayudéis, gracias. Si vosotros os encargáis de este enorme baúl, yo puedo manejarme con el resto, pero lo del baúl requiere, sin duda, trabajar en equipo.

—Por suerte, nosotros nacimos siendo un equipo —sonrió Theo.

Alexander quería decir algo inteligente, pero le resultaba complicado hablar cuando miraba a Mina. En parte por lo guapa que era y en parte porque le medio preocupaba que volviera a gritarles, esta vez podría ser por su culpa o por lo que él estuviera haciendo, así que empujó sus maletas hacia la pared y agarró un lado del baúl.

—Uf —resopló.

—Uf —concordó Theo—. ¿Qué demonios hay aquí? —Quería abrirlo para descubrirlo, pero hasta ella sabía que era una invasión de la privacidad. Aun así, si mientras lo llevaban, se caía *accidentalmente* y se abría, no dudaría en mirar. Nadie podría culparla en esa situación.

—Ni idea. Quincy —Mina arrugó la nariz cuando pronunció ese nombre, como si no le gustara el sabor que le dejaba en la boca—, lo ha traído, pero no es suyo. El dueño todavía no se ha registrado. ¿Podéis llevarlo a su habitación? Tenéis que bajar este pasillo, girar a la derecha y subir un tramo de escaleras. Es la que os encontraréis al fondo. Podéis dejarlo en la puerta. Gracias. Sois muy amables y de gran ayuda. Qué bien sienta tener a alguien que, por una vez, me ayude a mí. —La barbilla de Mina tembló y los ojos se le anegaron de lágrimas, pero antes de que empezara a llorar, su sonrisa volvió a aparecer en escena. Era como si formara parte de su uniforme, al igual que la chaqueta, la falda y la chapa con su nombre. Agarró las maletas más cercanas y volvió al trabajo.

Sin embargo, no era tanto trabajo como el de Theo y Alexander. Theo ya había desistido en su plan secreto de tirar *accidentalmente* el baúl. No porque su curiosidad estuviera saciada, sino porque tirarlo significaría tener que recogerlo, y no quería encargarse de eso.

Hicieron una pausa a mitad del pasillo. Al contrario que el pulido suelo de madera del vestíbulo, el suelo del pasillo estaba cubierto con una alfombra de felpa de color rojo intenso, a juego con las sillas y los bancos. Normalmente, Theo pensaría que era una estupidez, después de todo los pasillos estaban hechos para que la gente los recorriera de un lado a otro, no para sentarse y esperar, pero se dejó caer en un banco agradecida de poder descansar. Había un cuadro de una señora de otra época colgado en la pared de enfrente.

—¿Qué ingredientes piensas que pediría esa señora en la pizza? —preguntó Theo señalándola.

Alexander se sentó a su lado. Estaba más calmado ahora que no estaban cerca de Mina, pero seguía falto de aliento del esfuerzo de arrastrar el equipaje. La mujer del retrato tenía montones y montones de rizos dorados revueltos en la cabeza. Lucía un vestido negro bordado con rosas tan rojas como la sangre. Tenía una mano en el cuello y la cara girada hacia el lado, además de una mirada triste. Sin embargo, sonreía como si escondiera un secreto.

Alexander pensó que la pintura parecía ser antigua, de antes de que existiera la pizza, pero le siguió la corriente a Theo.

—Seguro que muchas verduras.

—Puaj, sí. Montañas de rúcula. Una pizza de lechuga —añadió Theo arrugando la nariz. ¿Por qué la gente intentaba convertir la pizza en ensaladas? Que dejen a la pizza ser una pizza en paz. A nadie le hace ilusión encontrarse lechuga marchita en las sobras de la pizza que están en la nevera. La pizza de lechuga era algo casi tan malo como incluir carne y pasas en un pastel—. ¿Cómo crees que sería ella?

—Yo creo que siempre hacía trampas en el Scrabble —respondió Alexander. El brillo en los ojos de la mujer, el giro de la sonrisa, le hacía pensar que estaba tramando algo.

Theo asintió.

—Sí, pero las hacía de una manera tan divertida que no te podías enfadar con ella. Como papá cuando jugamos a…

—A cualquier cosa —completó Alexander. Su padre era un tramposo profesional e incluso Alexander, un gran defensor de seguir las reglas del juego, se reía con las tretas tan inesperadas que se le ocurrían a su padre para hacer trampas.

—*Hicimos una apuesta que no podía perder* —susurró Theo, citando la historia sobre cómo se conocieron sus padres. Su madre se lo había contado muchas veces mientras miraba a su padre y sonreía.

—*Pero al final perdiste* —respondió Alexander para completar el diálogo de su padre.

—*Y aun así, salí ganando* —terminó Theo con un tono de voz triste. Esa era la parte de la historia en la que su madre le daba la mano a su padre y ambos bailaban por la cocina riéndose de una forma que hacía que Theo y Alexander se sintieran incluidos en la broma, a pesar de no saber cuál era. Sin embargo, cuando sus padres bailaban y reían todo era normal. Seguro.

Alexander los echaba de menos, mucho. Igual que Theo, solo que ella no quería sentirse de esa manera. Entristecía al enjambre de abejas que vivían en el interior de su pecho. Con el ceño fruncido, se inclinó hacia delante para examinar la pintura más de cerca.

—¿Qué está sujetando? —preguntó Theo. En la mano que no tenía en el cuello, la mujer sostenía algo pequeño, difuso y de color marrón.

—Lo mismo es un perro muy pequeño o una rata. —La gente de los cuadros viejos siempre estaban sujetando cosas raras. Alexander se incorporó y se acercó. En ese momento, la pintura de *movió* al mismo tiempo que la cosa difusa y marrón levantó la cabeza y los miró fijamente.

SEIS

lexander gritó. Su grito sobresaltó a Theo, que también gritó, lo que asustó a Alexander incluso más. Nunca habían sido el tipo de mellizos que se visten igual o a los que les interesaran las mismas cosas, pero sin duda eran de los que gritaban bien juntos. Si hubiera una disciplina olímpica dedicada al grito sincronizado, habrían ganado, como mínimo, la medalla de bronce. (Cómo no, Rusia sería quien ganara la de oro, ya que tienen toda Siberia para practicar los gritos).

—¿Qué sucede? —preguntó Mina, que se apresuró a recorrer el pasillo en su dirección.

—¡El cuadro! —respondió Alexander. Señaló a donde la parte difusa y marrón del cuadro se había movido y le había mirado con esos ojos negros pequeños y brillantes, pero...

No había nada. La mano de la mujer estaba vacía.

—Había... era... ella estaba sujetando algo y... se movió —se explicó Alexander, perplejo. Ahí había habido algo, estaba seguro.

—El cuadro ha cambiado —lo secundó Theo—. Estaba sujetando algo pequeño, marrón y peludo. Similar a una rata o a un chihuahua o a un híbrido rata chihuahua, lo que no tendría sentido, ya que son prácticamente la misma raza.

—A Theo le gustaban tanto las ratas como los chihuahuas, pero parecían pertenecer a la misma categoría animal: pequeños, peludos y aterradores cuando te los encontrabas en lugares inesperados.

La cara de Mina se tiñó de blanco con preocupación. Sin embargo, en vez de mirar al cuadro, miró hacia arriba, hacia las sombras oscuras del techo. Era alto, tenía las mismas vigas entrecruzadas que el vestíbulo. Era un techo que parecía elevarse por encima de ellos al mismo tiempo que se cernía de forma amenazante. Normalmente los techos son aburridos, pero no en el Spa Sanguíneo.

—Debéis estar cansados —les dijo Mina, retrocediendo mientras mantenía la mirada fija en el techo. Quizás le pasaba lo contrario que a Wil y siempre estaba mirando hacia arriba, en lugar de hacia abajo—. Yo suelo ver cosas cuando estoy cansada. Formas en la penumbra. Animales misteriosos. Figuras en las vigas. Ese tipo de cosas. Gracias de nuevo por ayudarme con el baúl. Casi habéis llegado... ¡ánimo!

Desapareció al doblar una esquina, sin apartar la vista del techo.

—Eso ha sido... —empezó Theo.

—¿Siniestro?

—Eso ha sido... —repitió Theo.

—¿Algo sospechoso?

—Eso ha sido irritante —terminó Theo. Siempre le había gustado la palabra «irritar». Le parecía que sonaba a ir a un sitio a *gritar* para *molestar* y que la combinación de todo eso era lo que había terminado por formar la palabra «irritante».

Y sin duda alguna a Theo le irritaba el cuadro misterioso. No quería sorpresas aquí a menos que fueran del tipo «¡Sorpresa! Puedes hacer rapel durante todo el día» o «¡Sorpresa! Solo hay tarta para comer» o «¡Sorpresa! Tus padres han vuelto con una explicación más que razonable sobre por qué os han abandonado durante el verano y te han dejado con un enjambre de abejas enfadadas en el interior del pecho que no para de zumbar».

Theo se acercó más al cuadro para observarlo.

—Qué irritante, siniestro y algo sospechoso. Qué siniestro y sospechosamente irritante. ¿Es cosa mía o sonríe más ahora que antes de asustarnos?

Alexander estaba bastante seguro de que la cara no había cambiado, pero la pintura había vuelto a moverse, así que ¿qué podía decir? Él solo sabía que ya no quería saber qué ingredientes le ponía a la pizza. Evitaría volver a este pasillo en cuanto dejaran el equipaje.

—Vamos —dijo Alexander al mismo tiempo que tiraba del baúl. Theo empujó y ambos lo llevaron hasta las serpenteantes escaleras situadas al final del pasillo. Los escalones estaban hechos de piedra, eran estrechos y subían en espiral y no estaban hechos para subir grandes baúles.

—No me extraña que Mina no quisiera encargarse de este —se quejó Theo, que gruñía, gemía y, a menudo, se detenía a descansar para tratar de averiguar cómo conseguir que el baúl dejara de atascarse con la pared.

Al menos, lograron llegar a la siguiente planta. Este pasillo estaba vacío, no había alfombras de felpa ni sillas a lo largo de las paredes ni, por suerte, retratos ni cuadros. Pasaron por delante de un par de puertas antes de dejar el baúl delante de la puerta del final. Se alegraron de deshacerse de él.

—Me pregunto si el dueño del baúl es holandés. Aquí pone «Van H.» —fantaseó Theo mientras señalaba el nombre que había grabado en la tapa. Al contrario que la madera del vestíbulo, que parecía vieja, pero de calidad, la madera del baúl lucía vieja y amenazante. Había algo en él, quizás fuera el tamaño, el gran candado o las múltiples hendiduras que parecían producidas por clavos o cuchillos, que le daba la apariencia de ser un baúl que no deberían querer abrir.

Como era de esperar, Theo solía querer hacer cosas que no debería hacer. Sin embargo, en este caso no tenía opción. El candado era demasiado grande y Alexander estaba a su lado. Jamás lo aprobaría.

—«Van H.» —leyó Alexander al mismo tiempo que acariciaba las letras. Le alegraba que el baúl ya estuviera en malas condiciones. No tenía la menor duda de que lo habían dañado al subirlo, pero, con suerte, quienquiera que fuera el dueño no lo notaría—. Puede, aunque no parece un equipaje muy práctico con el que viajar tan lejos de casa.

—Puede que sea una reliquia familiar —aventuró Theo. Esa expresión le gustaba más incluso que *irritante*. Cuando era más joven, su madre le había enseñado algunas de sus reliquias familiares, Theo había dado por hecho que eran relicarios y se había imaginado que su madre abriría los colgantes y que dentro encontraría la historia de sus ancestros. Porque ese es el concepto de una reliquia familiar: un objeto con historia.

Agarró el cronómetro que llevaba colgado del cuello. Era una reliquia de la familia Black-Widow que Edgar le había regalado. Se aferró a él para intentar distraerse. Pensar en su madre hizo que las abejas enfadadas del interior de Theo cobraran vida.

Theo no echaba de menos a sus padres de la misma forma en que Alexander lo hacía. Él se entristecía y se preocupaba cuando pensaba en ellos. Theo se enfadaba y enfurruñaba.

—Qué irritante —murmuró para sí—. Vamos, que nos perdemos la orientación.

—¿Desde cuándo te gusta asistir a reuniones? —se extrañó Alexander, que la siguió por el pasillo.

—Desde que esas reuniones incluyen información sobre cómo nadar, jugar y, con un poco de suerte, hacer rapel —respondió Theo mientras bajaba a saltos las escaleras, seguido por Alexander, que las bajaba escalón a escalón.

—¿Crees que *tendremos* que hacer las actividades? No será obligatorio, ¿no?

Theo se rio.

—Es un destino vacacional. Tú decides lo que quieres hacer. A fin de cuentas, esa es la finalidad de un destino vacacional, ¿no?

—Pues estaría genial que alguien se lo comentara a la tía Saffronia —refunfuñó Alexander. Aun así, a él *sí* que le gustaba ir a reuniones. Le gustaba enterarse de todas las normas, que le explicaran detalladamente y de forma clara todo lo que se esperaba de él, para así no cometer ningún error por accidente. Saber lo que se esperaba de él en todo momento era algo que a Alexander siempre le resultaba muy reconfortante.

No obstante, los mellizos tenían un problema. Mina les había dicho que iban a reunirse en la sala genial, pero ellos no sabían dónde estaba. Se apresuraron a recorrer el pasillo del cuadro, Alexander lo hizo sin mirarlo a propósito y Theo, también a propósito, lo miró y le sacó la lengua. Sin embargo, el vestíbulo no daba pista alguna sobre el lugar al que tenían que ir.

Alexander agarró sus maletas. Su madre las había hecho y, aunque seguía dolido y triste porque lo hubieran abandonado durante el verano, se sentía más cerca de sus padres cuando tenía las maletas que le habían preparado.

—Por allí —indicó Theo con confianza, porque prefería equivocarse con confianza que acertar con dudas. Dio por hecho que la sala estaba en la planta baja y el pasillo que escogió fue el más ancho. Las primeras puertas daban paso a una sala llena de pelotas medio hinchadas de todas las clases y había un inflador roto en la esquina.

—¡Anda! Hemos encontrado la sala decepcionante —reaccionó Theo.

—Es… bastante más literal de lo que me esperaba.

—Pero vamos por buen camino.

Las siguientes puertas desvelaron una habitación algo sucia. Las ventanas estaban orientadas hacia la carretera y las vistas se reducían al asfalto. No era una mala habitación, había un par de sofás hundidos y una televisión que probablemente fuera de las buenas hace una o dos décadas. En definitiva…

—Aceptable —dijo Alexander.

—Exacto. La sala aceptable. Lo que significa que la siguiente habitación es… —empezó Theo al mismo tiempo que agarraba el pomo de la puerta y la abría. Una oscuridad profunda y una corriente de viento los recibieron como si de un grito se trataran y Theo estuvo a punto de caer en el negro vacío.

—No deberíais estar aquí —susurró una voz silbante y fantasmagórica.

CAPÍTULO

SIETE

Alexander no le apetecía volver a gritar, así que mantuvo la boca cerrada. Tenía la cara de color violáceo del esfuerzo por contenerse.

Theo no estaba a punto de gritar, pero *no* le gustaba que la asustaran ni abrir puertas que dan a escaleras construidas en lugares oscuros como la boca de un lobo, a menos, cómo no, que esa fuera su intención.

—¿Quién anda ahí? —inquirió Theo.

La puerta se cerró de golpe ante sus narices. Theo agarró el pomo, pero habían echado la llave.

—¿Qué ha sido eso? —preguntó Alexander preocupado.

—¿Un sótano? —trató de adivinar Theo con curiosidad. Siguió intentando girar el pomo de la puerta. Era una cara de metal con una cerradura en medio, así que parecía como si la cara estuviera gritando de la misma forma que a Alexander le habría gustado hacer.

—Vamos —suspiró Alexander. No tenía ninguna gana de volver a abrir esa puerta o de descubrir a quién les había estado susurrando. Además, también le preocupaba que se estuvieran metiendo en un lío por llegar tarde a la reunión de orientación.

Por suerte, no tuvieron que seguir buscado. Tras una curva del pasillo, las puertas de la sala genial estaban abiertas de par en par. Era una sala verdaderamente genial, sobre todo en comparación con las salas decepcionante y aceptable en las que ya habían estado. Un complejo paisaje forestal decoraba el techo y eso combinado con las vigas de madera que estaban a la vista hacía que la sala pareciera formar parte de un bosque. Un bosque repleto de gente quejándose, pero, aun así, un bosque realmente guay. El suelo era de madera pulida y estaba cubierto con una alfombra verde oscura, las ventanas eran de cristal policromado y seguían un patrón de diamantes de distintos tonos de verde y había otro candelabro que colgaba de las vigas como si se tratara de un sauce llorón que alumbraba a través de las ramas.

Alexander observó el paisaje forestal. Juraría que había ojos que le observaban desde los puntos oscuros que había entre las vigas del techo y la vegetación pintada. Era como el bosque de fuera: bonito, pero amenazante. Tras un rápido vistazo para asegurarse de que no había babosas que estuvieran mirándolo de manera acosadora, fijó la mirada en la parte central de la sala. Lugar al que, de todos modos, quería mirar, ya que Mina estaba allí.

—¡Hola! —saludó Mina con alegría—. ¿Podéis sentaros?

—¿Se puede saber dónde exactamente? —preguntó uno de los padres con una risa de falsa educación, esa que suele ser la única respuesta aceptable a un chiste malo. Los chistes malos no están hechos para reírse. Se puede decir «ja, ja» en voz alta, pero eso no hace más que animar a que sigan contando chistes malos.

—Nuestro padre habría dicho algo más divertido —refunfuñó Theo—. No algo *mucho* más divertido, pero sí algo más.

—Ojalá estuviera aquí para pensar un nuevo nombre para el *spa* castillo. ¿Spallo? ¿Caspa?

—Caspallo —propuso Theo, pero el golpe de su hermana al chocarse con ellos los interrumpió.

De alguna forma, Wil sintió que se había encontrado con sus hermanos, en lugar de con los desconocidos con los que se había estado chocando de manera continuada. Era cuestión de prueba y error, de verdad: si Wil se chocaba con suficiente gente en una habitación repleta, acabaría por chocarse con la correcta.

—Aquí estáis. ¿Habéis ido a la habitación, tontos?

—Sí, hemos estado allí todo el rato —contestó Theo.

—Hemos pintado un nuevo mural con espray en la pared —añadió Alexander.

—Lo hemos llamado *Oda a los insultos*. ¿Crees que nos multarán?

—Sí, yo estoy bien también, gracias. —Wil siguió andando hasta que se chocó con una silla vacía. Se sentó y Theo y Alexander se unieron a ella y colocaron sus maletas a los pies. Theo se movía inquieta en la silla, impaciente porque eso terminara y poder empezar a divertirse. Alexander estaba sentado derecho y tranquilo, arrepentido de no tener un trozo de papel y un boli para tomar notas. Quizás Mina repartiera una copia impresa con todo lo que iba a contarles. Ojalá. Mientras que a la mayoría de la gente le parece una tortura eso de tener que sentarse y escuchar mientras alguien lee las instrucciones que tienes *justo delante de ti* en voz alta,

Alexander lo prefería así. ¡Eran dos formas de aprenderse las normas de una sola vez!

—Muchas gracias —agradeció Mina, con una dulce sonrisa—. Me gustaría darles oficialmente la bienvenida al Spa Sanguíneo y decirles ¡NI SE OS OCURRA!

Todo el mundo se enderezó en sus asientos algo alarmados. La mente de Alexander se aceleró. ¿Qué había estado pensando que no tendría que haber hecho?

Pero entonces vio que Mina estaba mirando hacia el techo. Él miró también en esa dirección, pero no estaba seguro de si había una sombra en movimiento o si no era más que el titilar de la luz proveniente del candelabro. Alexander desearía que hubiera algunas luces viejas y sencillas que no proyectaran sombras terroríficas en las vigas.

Theo frunció el ceño y se cruzó de brazos. Esta reunión ya se estaba alargando más de la cuenta.

—Ejem —se aclaró la garganta Mina y sonrió—. Me refiero a que ni se os ocurra, eh, no pasarlo en grande. Sí. Eso. —Los adultos que la rodeaban se quejaron y retorcieron en sus asientos. Ninguno estaba acostumbrado a tener que escuchar a una adolescente—. Para presentar nuestro horario, he...

Un hombre entró de repente en la habitación, como si fuera un limpiador, solo que sin intención de limpiar nada. Vestía un traje negro como el carbón y la chaqueta de líneas de satén rojas aleteaba libremente hacia atrás como si fuera una capa. Tenía el pelo oscuro y peinado como si una marea se lo estuviera retirando de la frente; la piel, pálida; los labios, de un rojo inquietantemente intenso, como si acabara de beber ponche de frutas y hubiera olvidado limpiarse después.

—Oh —reaccionó Mina con una sonrisa titubeante—. Pensaba...

—Tonterías, querida. Pensar es cosa de adultos —contestó él. Mostró una sonrisa que parecía contener más dientes de los que una persona suele tener—. No hace falta que te encargues. *Yo* soy quien manda.

Los adultos presentes en la sala soltaron un suspiro de alivio, preparados para escuchar ahora que otro adulto era quien iba a decirles lo que tenían que hacer.

—Sí, Conde —respondió Mina, que siguió sonriendo, a pesar de que parecía estar dolida. Se apartó y le cedió el sitio. En ese momento, la chica de las trenzas y el sombrero de vaquero se levantó y se colocó al lado del Conde—. Quincy —la saludó Mina al mismo tiempo que su sonrisa desaparecía.

—Mina —la saludó de vuelta Quincy con una sonrisa de oreja a oreja.

—Bienvenidos al Spa Sanguíneo —saludó el Conde con los brazos abiertos. Su chaqueta cayó de forma dramática hasta el suelo—. Creo que a todos les llegará el momento de ser justo lo que necesito.

—¿Lo que *usted* necesita? —preguntó una de las madres de la familia muñeca rusa levantando la mano con timidez.

—Sí, claro, lo que *ustedes* necesitan. Eso he dicho, y lo que necesitan es relajarse. —La sonrisa del Conde se agrandó más aún y mostró todavía más dientes.

—Sí, ¡eso es! —concordó el padre exigente de los chistes malos a la vez que se golpeaba la pierna con un puño para enfatizar su afirmación. Su hijo, sentado a su lado, asintió tan rápido que la cabeza pareció ser un borrón.

—¿Hay algún programa diario de actividades familiares? —preguntó el padre de los dos bebés pegajosos. Se estaba limpiando la mano con una toallita, sin darse cuenta de que, a sus pies, uno de sus hijos le estaba refregando los zapatos con su puré de manzana.

El Conde juntó las manos.

—Todos los adultos pasarán los días en el *spa* recibiendo mimos y cuidados de mis expertos empleados.

Theo miró a su alrededor, pero solo vio a Mina. Esperaba que Mina no fuera la única empleada del *spa*.

—¿Qué pasa con nuestros hijos? —preguntó la otra madre de la familia muñeca rusa.

—No se preocupen por ellos —contestó Quincy con una sonrisa alegre. Estaba retorciendo de manera distraída un trozo de cuerda, que lanzó de repente al aire para ondearlo por encima de la silla vacía más cercana.

Theo levantó la mano pero habló antes de que el Conde le diera la palabra. Al contrario que Alexander, ella normalmente conocía las reglas, pero solo era capaz de seguir una al mismo tiempo. Levanta la mano y espera a que te den la palabra antes de hablar incluía más de una orden, demasiadas para seguirlas al mismo tiempo.

—Yo no quiero ir al *spa*.

—Bueno, no pasa nada —le respondió el Conde con el ceño fruncido—, ¡porque no podéis hacerlo! Está prohibida la entrada de niños. Además, estaréis mucho más ocupados con las actividades infantiles, a las que los adultos tienen prohibida la entrada.

—Pero, entonces, ¿cuándo pasaremos tiempo en familia? —preguntó el hijo del padre de los chistes malos.

El Conde se rio y echó la cabeza hacia atrás lo que dejó a la vista su larguísima garganta donde la nuez se movía al son de la risa falsa. Era incluso más falsa que la risa que se suele soltar ante un chiste malo.

—Ja, ja, ja —reía—. ¿Tiempo en familia? Han venido de vacaciones familiares, es decir, vacaciones *de* la familia, no vacaciones *con* la familia, ¿no es cierto? ¿Acaso no están cansados de ser padres veinticuatro siete?

El padre de los chistes malos asintió al mismo tiempo que su hijo se hundió en la silla. Los padres de los dos bebés pegajosos parecían estar a punto de llorar cuando asintieron. Las madres de la familia muñeca rusa intercambiaron una mirada que sobrevoló la enorme distancia que suponían los cuatro niños que las separaban, como si no estuvieran seguras de cómo debían sentirse.

Alexander se preguntó… ¿habrían hecho eso sus padres? ¿Habrían decidido tomarse unas vacaciones de ellos? Miró a Theo, pero su cara era como la inminente tormenta de fuera, tenía los puños apretados.

Theo se estaba cuestionando lo mismo, pero en lugar de estar triste, estaba furiosa. Todas las abejas de su interior le revoloteaban en círculos por todo el cuerpo, y lo único que deseaba era deshacerse de ellas. Necesitaba moverse, y necesitaba moverse *ahora*.

—¡Pues, hala, haceos a la idea! —gritó Theo—. Vámonos.

El Conde la miró y volvió a esbozar la sonrisa inicial.

—Me gusta tu actitud. No olvides lo entusiasta que eras. Ahora, padres, síganme al *spa* mientras la directora de nuestro programa para niños les indica a los niños cuáles son sus habitaciones.

—¿Quién es la directora del programa para niños? —preguntó una de las madres de la familia muñeca rusa.

—Yo —respondió rebosante de alegría Quincy.

—Pero… si tú también eres una niña.

—Justo por eso —intervino el Conde—. Es el programa para niños, no para adultos. Ellos a lo suyo y nosotros a lo nuestro.

—¿No dormimos en la misma habitación? —preguntaron los padres de los bebés pegajosos.

—Eso mataría la diversión, ¿no creen? Los necesito totalmente relajados.

Theo y Alexander intercambiaron una mirada. Bueno, más bien dos distintas. Alexander se sentía herido; Theo, enfadada. Siempre se habían divertido con sus padres. ¡Eran unos niños muy divertidos!

¿Verdad?

Los padres solían dudar, unos más que otros, pero, de nuevo, habían pagado bastante dinero para disfrutar de estas vacaciones y el sitio tenía cinco estrellas en Gulp, así que debían confiar en que el sistema funcionaba y en que todos acabarían pasándoselo de miedo. Wil se levantó cuando los adultos lo hicieron.

—¿A dónde vas? —le preguntó Alexander.

—¿Te vas al *spa*? —intervino Theo—. No permiten la entrada de niños.

—Soy prácticamente una adulta —contestó Wil.

—¿Según quién? —cuestionó Theo.

Wil suspiró mientras seguía tecleando algo en su móvil.

—No pienso ir a una mierda de *spa*, pero mucho menos, a una habitación repleta de niños a los que no conozco. Odio a los niños.

—Nosotros somos niños —señaló Alexander, profundamente dolido.

—No, vosotros sois unos tontos. *Mis* tontos. —Por fin, Wil levantó la mirada y les dedicó una brillante sonrisa al mismo tiempo que le revolvía el pelo a Alexander, cosa que él odiaba, pero que le permitía hacer a Wil porque le gustaba que le hiciera caso. Los rasgos faciales de Wil se suavizaron y bajó la mano en la que sostenía a Rodrigo—. Tras la experiencia en el parque acuático, os merecéis unas vacaciones de verdad. Será divertido. Haréis amigos. Mirad, esos niños parecen... —Wil miró a los niños de la familia muñeca rusa, todos estaban sentados perfectamente alineados—. Bueno, ese niño parece... —Miró al pequeño del padre de los chistes malos, que tenía el ceño fruncido y se estaba poniendo rojo de enfado o de frustración—. Bueno, esos parecen... —Miró a los dos bebés pegajosos, que ahora estaban sentados debajo de una silla haciendo algo inexplicable con el tubo de la pomada para evitar las irritaciones por el pañal—. Bueno, ella parece interesante —afirmó Wil con alivio una vez que dio con Quincy, que había enganchado doce sillas con el lazo y estaba tirando de ellas hacia la esquina de la habitación, donde podrían apilarse.

—¿Y tú qué harás? —le preguntó Alexander.

—Utilizar el wifi —respondió Wil a modo de explicación y se fue.

—En marcha —le dijo entre dientes el Conde a Mina mientras terminaba de guiar a los adultos hacia unas puertas distintas a aquellas por las que habían entrado.

—Voy a ayudar a los niños a instalarse.

—Vale, hazlo y vuelve al *spa*. No hay tiempo que perder. ¡Los necesitamos!

—¿Qué? —preguntó Mina—. ¿Por qué?

El Conde sonrió y los ojos le brillaron amenazantes mientras supervisaba a los padres salir de manera obediente.

—Quiero decir que necesito que se relajen...

Alexander y Theo intercambiaron una mirada de preocupación, esta vez sus expresiones coincidieron de la misma manera que si llevaras puesta la misma ropa que tu mejor amigo. No se lo creyeron. ¿Para qué los necesitaría realmente?

CAPÍTULO

OCHO

—¿Qué hay tras esa puerta? —interrogó Theo mientras Mina guiaba al grupo por delante de la puerta misteriosa cerrada con llave.

—¿Qué? Nada —contestó Mina con una sonrisa—. Es decir, seguramente haya algo. A fin de cuentas es una puerta, pero este edificio es muy antiguo y lleva cerrada con llave desde hace años. Nadie sabe dónde está la llave. Vamos.

Theo frunció el ceño y miró a Alexander. Él se encogió de hombros. No tenía ninguna gana de volver a abrir la puerta.

Mina los guio a través del vestíbulo, del pasillo del cuadro horrible y, luego, de otro pasillo y de otro, hasta que, por fin, llegaron a una escalera. Los escalones, bastante parecidos a los que Alexander y Theo habían tenido que subir cargando con el baúl, eran interminables y estrechos, solo que al tener que cargar únicamente con sus maletas, fue mucho más sencillo. Muchas cosas en la vida son más sencillas cuando no estás cargando con un baúl. Imagina lo difícil que tiene que ser la vida para los elefantes.

Las escaleras llegaban hasta una única e inmensa habitación que ocupaba toda la planta. Había literas cuidadosamente alineadas a lo largo de una de las paredes como si fueran cajones donde meter a los niños y guardarlos. En la pared contraria había puertas que llevaban a baños individuales. En el centro había mesas de juegos, mesas de billar, futbolines, mesas de pimpón; en realidad había mesas de todo tipo, siempre que sirvieran para algo que no fuera comer. (A excepción de tableros de ajedrez, damas y parchís. No había ni rastro de ellos).

—¡Vaya! —exclamó Alexander.

—¡Vaya! —secundó Theo. La tía Saffronia *sí* que sabía lo que estaba haciendo cuando los dejó aquí. Entre esta increíble habitación, las actividades exteriores y los amigos con los que hacer las cosas, Theo estaba convencida de que estaría tan ocupada que no sería consciente siquiera de las abejas que la habitaban. Resultó que los *spas* no eran para nada aburridos.

—Adelante, elegid vuestras literas —los invitó Mina, frase que todos los niños esperan escuchar en algún momento. Alexander y Theo, a pesar de ser mellizos, nunca habían dormido en una litera. Por fin llegó el momento.

Corrieron hacia ellas junto al resto de niños, a pesar de que había literas de sobra para que cada uno eligiera la que quisiera. Theo, cómo no, quería una de las camas superiores, y Alexander, como no podía ser de otro modo, quería una de las de abajo. Theo ya estaba ideando la manera de saltar de litera en litera para atravesar toda la habitación sin pisar el suelo. Por otro lado, Alexander ya estaba pensando en lo sencillo que sería caerse de una de las camas de arriba mientras dormía u olvidar dónde estaba, sacar los pies para ir al baño en medio de la noche y terminar cayendo de golpe al suelo y haciéndose daño. Entonces *seguiría* necesitando ir al baño, solo que encima estaría dolorido y ¿acaso existe mayor traición por parte de una cama que la de no mantenerte a salvo?

Alexander palmeó la cama de abajo mientras colocaba su maleta sobre ella, agradecido por la razonable distancia a la que se encontraba del suelo. Theo empujó su maleta contra la pared.

—A que es alucinante —dijo Quincy entrando a la habitación detrás de Mina.

—Supongo que sí —gruñó el niño del padre de los chistes malos—, pero veremos a nuestros padres en algún momento, ¿no?

—¡POR SUPUESTO QUE NO! —gritó Mina.

Mientras el resto de los niños miraban perplejos a Mina sorprendidos porque les estuviera gritando, Theo y Alexander miraron hacia arriba. Lo que quiera que fuera a lo que Mina le estaba gritando, ellos eran incapaces de verlo. Alexander echaba mucho de menos los techos lisos de yeso. Cualquier cosa podría estar en ese techo tan elevado, tras las vigas y los travesaños. Se retiró a su litera agradecido por tener al menos otra cama a modo de escudo que lo separaba del techo.

Mina ya había vuelto a esbozar su dulce sonrisa.

—Como os he dicho antes, tenemos un montón de actividades planeadas para vosotros. —Hizo una pausa y se aclaró la garganta mientras miraba de refilón en dirección a Quincy—. ¿Verdad?

—Sí, sí. Un montón de actividades —reafirmó Quincy, que parecía ser demasiado joven como para trabajar en un *spa*. Tenía la misma edad que Theo y Alexander, y ellos eran demasiado jóvenes como para tener trabajo, y mucho menos un trabajo que involucrara estar a cargo de otros niños.

—¡Voy a ganar! —exclamó el hijo del padre de los chistes malos al mismo tiempo que se golpeaba el pecho—. No me importa cuáles sean las pruebas, las actividades o los juegos. Mi padre me dijo que tengo que ser el mejor, así que voy a serlo y ¡él va a estar muy orgulloso de mí!

—Eso está genial —le contestó Mina con una sonrisa débil.

No era nada genial, pensó Theo. A ella se le daba bien prácticamente todo lo que intentaba hacer o, al menos, casi todo en lo que *quería* ser buena, ya que no se molestaba en preocuparse en ser buena en cosas como sentarse derecha, seguir las normas o jugar al golf, pero sus padres nunca la presionaban, sino que la animaban.

Bueno, al menos eso era lo que hacían cuando estaban cerca. Las abejas que habitaban en ella cobraron vida de manera furiosa mientras miraba a este niño que tenía a su padre *allí*, mientras que ella no sabía dónde estaba el suyo. Algo se prendió en el corazón de Theo. Iba a ganarle a ese chico en *cada una de las pruebas*, independientemente de la que fuera.

—Ahora, hablemos de las normas —canturreó Mina—. Yo soy Mina y ella es Quincy —dijo, pero la forma en la que su boca se transformó en una línea tras mencionar a la última hizo que sonara como si no se alegrara de su presencia—. Ella se encargará del programa para niños de esta semana.

—Así es —reafirmó Quincy, que hizo vibrar su voz, como si fuera de Texas—. Vengo de Texas —confirmó, cosa que la gente de Texas siempre te dice porque es un requisito legal para vivir allí. Es justo lo contrario a lo que pasa si eres de Delaware. En Delaware, hacen que jures mantener en secreto que vives allí para que la gente siga preguntándose si Delaware existe en realidad.

(Existe, pero no es como lo estás imaginando, y no dejes que los locales de Delaware sepan cómo lo estás imaginando. Hay un motivo por el que rima con «ampare»).

—¡Yo soy Ren! —clamó el hijo del padre de los chistes malos—. Seré tu ayudante, Mina. Tu asistente. Yo me encargo de los juegos.

Theo lo observó con las manos cerradas en puños. Si Ren se encargaba de los juegos, podría hacer trampas. Theo sospechaba que las haría y no de una manera divertida y juguetona como su padre, sino trampas meditadas, de las de verdad.

—Gracias, eres muy amable —le respondió Mina—, pero me temo que es Quincy quien manda aquí. Además, Alexander ya es mi ayudante. —Le dirigió a Alexander una sonrisa, algo que hizo que el corazón de este hiciera algo raro e incómodo. Toda la sangre del cuerpo de Alexander se le acumuló en la cara, lo que hizo que se sonrojara mucho bajo las pecas—. Theo también —continuó Mina—. Han sido mis ayudantes desde que antes se ofrecieron voluntarios para ayudarme con algunas tareas complicadas.

Theo intentó no sonreírle de manera burlona a Ren. Le resultó complicado. Algunos niños irradiaban odio, casi como un huevo duro. Mete un huevo duro en la nevera, que no importa lo que tengas dentro, sobras de la pizza incluidas, cada vez que abras la puerta te llegará el indiscutible e inevitable olor que dice AQUÍ HAY UN HUEVO DURO.

Ren era así. En cuanto abría la boca, el resto de los niños sabía que no iba a ser para decir nada divertido. Era algo indiscutible e inevitable.

Tampoco es que fuera realmente su culpa, así que Alexander quería darle muchas oportunidades. A veces, cuando alguien es odioso y lo *tratas* como si fuera odioso, solo consigues que su capacidad para ser odiado empeore, igual que un animal asustado despliega sus espinas o plumas para aparentar ser más grande.

No obstante, Theo no tenía tanta paciencia. Su madre estaría decepcionada de ella, pero no estaba allí, así que podría ser todo lo desagradable que quisiera sin tener una voz amable que le animara a buscar maneras de aceptar las diferencias de la gente. A pesar de todo, Theo se sentía un poco mal por cómo se estaba comportando. Ese era otro sentimiento que no quería que la rondara, así que lo descartó.

Los cuatro hijos de la familia muñeca rusa se alinearon por altura de manera descendente.

—Ah —reaccionó Mina—. Vosotros sois los hijos de Josephine y Josie. ¿Cómo os llamáis?

—Joseph —respondió el más alto.

—Joey —contestó el segundo más alto.

—Jojo —se presentó el tercero más alto.

—A ver si lo adivino —empezó Theo—. ¿Jo?

El cuarto más alto, técnicamente el más pequeño, aunque el cuarto más alto sonaba más impresionante, frunció el ceño como si la suposición no tuviera sentido.

—No, soy Eris.

Alexander y Theo intercambiaron una mirada confusa.

—Lo mismo se quedaron cortos de nombres que empezaran por *Jo* —le susurró Alexander.

—O lo mismo se aburrieron —añadió Theo. Estaba segura de que a ella le habría pasado—. Ahora me gustan más nuestros nombres. Al menos no son el mismo, solo que reciclados.

—Desde luego, porque si no, habrían sido Wilhelmina, Willow y William.

—Yo habría sido muy buen sauce —bromeó Theo a partir del significado de Willow en español al mismo tiempo que levantaba la barbilla, pero se equivocaba. Theo era el nombre perfecto para ella, y cualquier otro nombre le habría quedado como prendas de ropa diseñadas a medida para otras personas.

—Habrías sido muy buen roble —añadió Alexander.

—Habría sido muy buen pino.

—Habrías sido muy buen...

—¡DEJADLO YA! —estalló Mina.

Alexander sintió un hormigueo extraño en la nuca. Se dio la vuelta y habría jurado que vio un rápido movimiento negro entre las literas y la pared, pero desapareció antes de que pudiera asegurarse de que estaba allí.

—¿El qué? —preguntó Quincy al mismo tiempo que se rascaba la cabeza bajo el sombrero, tan confusa como los demás.

—Bueno —intervino Mina como si no acabara de haber gritado de manera inexplicable—. ¡Estoy muy emocionada! Sois los primeros visitantes que tenemos desde... —Se detuvo y mantuvo una sonrisa permanente, como si se tratara de un cuadro, pero un cuadro de los que costó pintar *mucho* tiempo, tanto que la persona retratada tenía que sentarse y sonreír hasta que las mejillas le temblaran de dolor y cansancio—. Bueno, sois el primer grupo que hemos tenido en algún tiempo. Es bueno volver a tener el *spa* lleno otra vez. En nuestra primera actividad, vamos a...

—A partir de ahora me encargo yo —la interrumpió el Conde, que entró en la habitación como si fuera una mopa industrial que arrasa con todo lo que se encuentra a su paso. En este caso, con Mina, a quien empujó para colocarse delante de ella. Quincy se colocó a su lado mientras él observaba a los niños con ojo crítico—. Vamos a jugar a una búsqueda del tesoro.

—¡SÍ! —gritó Alexander, sorprendiendo a todos, incluso a sí mismo.

CAPÍTULO

NUEVE

Alexander se sonrojó de vergüenza por haberse dejado llevar por la emoción. Si fuera una muestra de pintura, sin duda sería el tono de rojo «Por favor dejad de mirarme». Se aclaró la garganta y luego dijo, con un tono de voz mucho más suave.

—Me gustan las búsquedas del tesoro. —Él pensó que estaban en una de ellas cuando estuvieron en Diversión a Caudales, pero resultó que no era más que un misterio normal, no un divertido juego de misterio.

Theo, aunque no lo exteriorizó tanto como Alexander, también estaba emocionada. Le lanzó una mirada engreída a Ren. No tenía ninguna posibilidad. Gracias a su práctica anual con la búsqueda del tesoro familiar, el equipo de los mellizos Sinister-Winterbottom iba a arrasar en la competición.

—Bien —reaccionó el Conde, pero no parecía estar satisfecho. Miró a los niños que estaban delante de él. De manera parecida a como había arrasado con todo al entrar en la habitación, los miraba como si prefiriera deshacerse de ellos ahora mismo y tirarlos a la basura. El Conde era el tipo de persona que *nunca* tenía sobras de pizza en la nevera. Dejó escapar un largo suspiro—. Muy bien. Manos a la obra. No hay tiempo que perder.

—¿Dónde está la primera pista? —preguntó Alexander.

—¿Pista? —El Conde frunció el ceño.

—Ya sabe, la pista inicial. Esa con la que la búsqueda empieza y que tenemos que descifrar para poder dar con la siguiente.

—Ah —respondió el Conde—, no hay pistas. Si tuviera pistas, no os necesitaría, ¿no crees?

—Entonces, ¿cómo sabemos lo que estamos buscando? —inquirió Theo confundida.

—O cuándo la hemos encontrado —añadió Alexander.

El Conde se cubrió la cara con la mano de dedos largos y respondió en voz baja y con tono de desesperación.

—Es como si no entendierais lo importante que es esto, que ¡todo depende de ello!

—Lo cierto es que no lo entiendo —contestó Theo.

La emoción de Alexander se estaba desinflando al igual que un globo: con un sonido chirriante y profundo en su alma.

—Esto no se parece a una búsqueda del tesoro.

—A ver, *es* una búsqueda del tesoro porque lo digo yo y soy un adulto. ¡Venga! ¡Estáis perdiendo el tiempo! ¡A buscar!

Quincy se aclaró la garganta.

—En realidad, Conde, decidimos aplazar la búsqueda del tesoro. *¿Se acuerda?* —Miró hacia donde Mina los estaba mirando. La voz de Quincy pasó a ser un susurro, pero como era de Texas, se la escuchaba incluso cuando susurraba—. ¿No decidimos que podía esperar al menos hasta que no hubiera tanta *gente* que supiera lo que estábamos buscando?

El Conde frunció el ceño.

—Pues vale. —Se giró y se deslizó fuera de la habitación igual que si fuera la peor escoba del mundo, una de esas que entra en una habitación y lo revuelve todo en lugar de dejarlo todo limpio y ordenado.

—¿Por qué no jugáis a algo para así sentiros algo más en casa? —propuso Quincy.

—Pienso ganaros a todos —aseguró Ren mientras se apresuraba y se colocaba cerca de la mesa de juegos para ver quién lo retaba. Eris y los J lo siguieron en fila. Los dos bebés pegajosos, de quienes parecía que todos se habían olvidado, estaban pintando la pared con una sustancia marrón de origen cuestionable.

—Esta semana va a ser genial —aseguró Quincy que hizo girar sus lazos para sacarlos rápidamente y enganchar a la primera los tobillos de los dos bebés pegajosos. Los pequeños tenían medio cuerpo dentro del aseo y estaban intentando alcanzar el agua del váter. Quincy los sacó con cuidado y con un movimiento rápido e impresionante con el lazo, les dio la vuelta a los dos pequeños en el aire y los dejó sanos y salvos en un puf. Ambos chillaron de placer.

Theo lo observó con verdadera admiración.

—¿Me puedes enseñar a hacer eso? —Nunca se había dado cuenta de lo importante que era ser hábil con el lazo.

—Claro, pero más tarde. Tenemos algunas actividades geniales programadas para hoy —le explicó Quincy mientras recogía la cuerda—. El circuito de cuerdas, cómo no. Luego nadar unos largos en la piscina, meditar, hacernos la manicura y la pedicura, construir figuras de arena e ir a la sauna. Lo tengo todo planeado.

Mina movía las manos como si fueran pájaros que se hubieran quedado atrapados y no supieran dónde ir.

—Yo... es decir, eso no es lo que *yo* había planeado.

—¿Tú querías hacer la búsqueda del tesoro? —le preguntó Alexander. Él no quería hacer una búsqueda del tesoro sin normas ni pistas. *Decir* que algo es una búsqueda del tesoro no lo *convierte* en una.

—No depende de mí —respondió Mina con lágrimas en los ojos.

—Ya veo —contestó rápidamente Alexander, que no quería que empezara a llorar—, pero si te gustan las búsquedas del tesoro, podríamos diseñar una juntos. Se me da genial escribir las pistas.

Mina se sentó con tristeza en el borde de una de las literas.

—No, lo último que quiero es que alguien se esfuerce mucho como para acabar encontrando... Bueno, da lo mismo, el Conde es quien se encarga. No puedo llevarle la contraria. Además cuenta con su propia ayudante. —Mina dirigió una mirada de dolor hacia donde Quincy estaba saltando a la comba con los bebés pegajosos para distraerlos y suspiró—. Esto no siempre ha sido así.

—¿Cómo era cuando no era así? —le preguntó Theo.

—Cuando mis padres estaban aquí, esto era maravilloso. Nos divertíamos muchísimo y no tenía que preocuparme de... —La luz en sus ojos disminuyó y le tembló la barbilla—. Pero ya no están aquí y el Conde es quien está al mando. Ha sido muy generoso al dejar que me quede y al darme trabajo. Bueno, muchos trabajos. Bueno, en realidad todos los trabajos, menos aquellos de los que solía ocuparme yo. —Mina se puso de pie con un suspiro—. Ahora que lo menciono, tengo que dar siete masajes, encargarme de una sesión de meditación, administrar la mezcla especial de aceites esenciales para la relajación del Conde, preparar la sesión de manicura y pedicura para vosotros y preparar la cena para todos. Más vale que me ponga manos a la obra. Ojalá pudiera ayudar a que os lo pasarais bien. Intentadlo, aunque sea sin mí.

Alexander asintió tan rápido como pudo. No quería que Mina se preocupara por ellos. Si ella quería que él se lo pasara bien, no la decepcionaría. Era muy, pero que muy importante para él hacer feliz a Mina.

Theo ya había dejado de pensar en Mina y estaba observando a Quincy.

—¿Cómo conseguiste un trabajo aquí? ¿Acaso el Conde es tu padre, tío o familiar?

—No, mi tío todavía no ha llegado —le explicó Quincy. Algo en su voz sonó tenso y cerrado, tanto como el aro de cuerda que lanzó a sus espaldas. Pasó por encima del poste de una de las literas antes de enganchar a los dos bebés pegajosos justo antes de que se cayeran de una de las camas de arriba. Se quedaron colgando de los tobillos entre risas. Quincy aflojó el agarre de la cuerda y los bajó lentamente para dejarlos a salvo en el suelo.

—¿Dónde aprendiste a hacer eso? —le preguntó Theo totalmente impresionada.

—Mi madre me enseñó. Es vital para nuestra empresa familiar.

—¿Trabajas con caballos?

—No, soy alérgica.

—Con vacas, entonces, ¿no? —intervino Alexander.

—No, también soy alérgica, así como a la hierba, al heno y al polvo. Lo único a lo que no soy alérgica es a la cuerda. —Movió rápidamente sus lazos hacia arriba y deletreó QUINCY en el aire. Luego lanzó un gritito y dio un latigazo al aire que culminó con un fuerte chasquido—. Bueno, es hora de ponerse en marcha, amigos. —Sin embargo, Ren la ignoró, estaba jugando al futbolín contra sí mismo y, aun así, iba perdiendo. Eris y los J estaban realmente absortos colocando las bolas del billar en orden numérico descendente.

—¿No se pueden quedar y seguir jugando a eso? —sugirió Theo que estaba ansiosa por llegar al circuito de cuerdas y que prefería que no se uniera ningún niño, porque así tendría más tiempo para jugar ella.

—No —le espetó Quincy con seriedad—. Mi trabajo consiste en manteneros ocupados y, si se quedan aquí, podrían decidir que quieren irse con sus padres y eso no está permitido. —Amplió el diámetro de su lazo, luego lo lanzó para atrapar a Ren, Joseph, Joey, Jojo y Eris—. Vamos —ordenó al mismo tiempo que tiraba de ellos.

Alexander y Theo se apresuraron a ir a la puerta por temor a que también les lanzaran el lazo para que participaran. Al parecer, las actividades *no* eran opcionales.

CAPÍTULO

DIEZ

Theo y Alexander siguieron a Quincy escaleras abajo y por el recibidor. Ya había liberado a los niños más mayores del agarre del lazo, pero la vaquera propensa a las alergias seguía guiando con la cuerda a los dos bebés pegajosos. Era algo bastante similar al pastoreo de ovejas, si las ovejas fueran niños realmente jóvenes como para valerse por sí mismos sin la supervisión constante y vigilante de sus padres y, en lugar de lana, tuvieran montones de pelusas, pelos y polvo pegados en la piel como demostración de lo pegajosos que eran.

—Bueno —anunció Quincy mientras los llevaba hasta la sala decepcionante. Theo le dio una patada a una de las pelotas deshinchadas, que hizo un ruido triste al llegar a la pared antes de caer al suelo—. Esta es la hoja de inscripción. Podéis elegir las actividades que queréis hacer, aunque algunas son obligatorias.

—¡El circuito de cuerdas! —gritó Theo.

—Esa es mi preferida —le respondió Quincy para sorpresa de nadie—. Podemos ir allí en grupo.

—¿Puedo… hacer otra cosa? —preguntó Alexander con timidez, pero esperanzado. No quería participar en el circuito de cuerdas y tampoco quería ver a Theo hacerlo porque estaría nervioso todo el rato, además tampoco quería terminar encargándose de los bebés pegajosos mientras el resto se divertía. Ya era bastante abrumador tener que encargarse de su propia seguridad; no tenía deseo alguno de ser el responsable de la seguridad de unos niños pequeños.

—Por supuesto. Elige lo que quieras siempre que te mantengas ocupado —le contestó Quincy mientras le tendía el portapapeles.

Alexander valoró que Quincy tuviera la hoja organizada por colores. No lo esperaba de ella.

—Anda, ¿me puedo encargar de las tareas de cocina? —Sintió cómo el corazón se le aceleraba, solo que esta vez no era de miedo ni de preocupación.

—Pues claro. —Quincy lo apuntó y se fue para ayudar al resto de los niños con sus horarios.

—¿Tareas de cocina? —le preguntó Theo con incredulidad—. ¿Se puede saber qué es eso?

—¡Organizar las comidas y prepararlas!

—Así que… vas a trabajar gratuitamente en el *spa* al que le estamos pagando por quedarnos.

Alexander se encogió de hombros. Siempre se había imaginado participando en el programa *El magnífico reto de la confitería inglesa,* aunque no lo admitiría nunca.

—Al menos de esta forma puedo asegurarme de que todo se prepara siguiendo estrictamente los estándares de seguridad.

—A excepción de que tú no tienes el certificado de manipulador de alimentos —señaló Theo con una ceja levantada.

A Alexander le dio un vuelco el estómago. Tenía razón. *Debería* tener un certificado de manipulador de alimentos. Para ser justos, él ya sabía todo lo que enseñaban en ese curso, ya que lo había recreado con su padre durante una tarde lluviosa solo para divertirse, pero, técnicamente, no lo tenía.

—Estaba de broma —se corrigió rápidamente Theo al ver la cara de decepción de Alexander—. Seguro que no es necesario.

—Quincy —la llamó Alexander—, no tengo el certificado de manipulador de alimentos.

—No pasa nada, te lo puedes sacar por internet, solo tendremos que imprimirlo.

—¿En serio? —Alexander sintió que su alma se le iluminaba de alegría. Todo pareció mejorar una vez que los mellizos se separaron para hacer sus distintas y emocionantes actividades.

Theo se lanzó entre las cuerdas y se balanceó en las tablas y hasta ayudó a Eris y a los J a moverse por ellas, lo que fue todo un reto, ya que todos insistían en hacer todo en fila uno detrás del otro. Sin embargo, a Theo le encantaban los retos y aún más que Ren no pudiera seguirle el ritmo. Se le aceleró el corazón cuando se quedó colgada entre dos caminos, tenía que decidir cuál seguir e instintivamente escogió el mejor, que, para Theo, siempre era el más complicado de todos.

Mientras tanto, Alexander, estaba sentado delante del viejo ordenador del vestíbulo tomando notas y respondiendo a preguntas de opción múltiple. A pesar de que sus tareas eran muy distintas, a Alexander también se le aceleró el corazón cuando se quedó dudando en dos preguntas de verdadero y falso, tenía que decidir cuál era la respuesta correcta y su grito animado de triunfo cuando aprobó el examen fue tan fuerte y alegre como el de Theo cuando terminó el circuito en tiempo récord.

Alexander se apresuró a ir a la cocina, con el certificado impreso agarrado en la mano. Lo colocó en la pared de manera que cualquiera que quisiera inspeccionarlo pudiera hacerlo, luego ojeó su nuevo reino.

Los armarios estaban bien llenos. Contaba con el equipamiento básico, pero también con algunas cosas extrañas como botes de crema de malvavisco Marshmallow Fluff y un estante entero lleno de cerezas al marrasquino en remojo en un vívido líquido de color rojo púrpura.

Como buen jovencito con excelentes prioridades, lo primero que preparó fue masa de galletas y la metió en la nevera para reservarla para luego. Después miró la organización de las comidas. Todos los platos tradicionales como el jabalí estofado, el ciervo asado y (*puaj*) la morcilla estaban tachados y los habían reemplazado con opciones como estofado de verduras de origen natural, zumo verde depurativo y algo llamado «infusión reponedora», cosa que no sonaba ni siquiera a comida.

No obstante, él tenía trabajo que hacer. Siguió paso a paso las instrucciones y añadió varios viales de líquido y paquetes de polvos a las licuadoras repletas de frutas y verduras. En su cabeza, un narrador iba contando todo lo que hacía detalladamente y los jueces estaban mirando con sorprendente aprobación. Nunca se habrían imaginado que una persona tan joven fuera tan competente a la hora de seguir instrucciones.

Una vez que Alexander terminó de batir la mezcla, repartió los batidos y los metió en la nevera. Esto era trabajo de Mina y Alexander le estaba ahorrando mucho trabajo. Se sonrojó solo de imaginarla dándole las gracias.

No tenía tiempo que perder. Los jueces imaginarios lo estaban mirando. Pronto sería la hora de cenar. Este era su momento de asombrarlos de verdad.

Optó por preparar platos clásicos: ensalada caprese, que a él le gustaba porque no era más que queso, tomate y albahaca aderezados con una buena vinagreta; espaguetis con salsa roja; y pan de ajo. La cocina estaba repleta de ajos. Cabezas de ajos, sal de ajo y mantequilla de ajo. A quienquiera que fuera el que la equipó le gustaba mucho el ajo, pero *mucho*.

Alexander se silbó a sí mismo mientras aplastaba el ajo. Tan pronto como le llegó el olor, se echó hacia atrás con los ojos llorosos. Escuchó un siseo que provenía de uno de los armarios. Lo abrió con el ceño fruncido. Distinguió un movimiento rápido que hizo que el miedo se apoderara de él (¡roedores!), pero cuando lo abrió completamente, no había nada, solo un bote de cerezas al marrasquino. La tapa estaba algo abierta. ¿Estaba así antes?

No tenía tiempo de preocuparse por eso. Tenía unos jueces a los que impresionar.

Fuera, en el circuito de cuerdas, impresionada por ella misma, Theo se reía mientras miraba el cronómetro.

—He sido la primera, luego Quincy, seguida de Joseph, Joey, Jojo, Eris y… Ren. —Trató de no sonreírse mucho al ver los resultados.

Ren resopló, estaba sudando y tenía la cara roja.

—No es justo. Estoy lesionado, no llevo el calzado apropiado y si yo hubiera sido el que cronometraba, seguro que habría ganado.

Theo volvió a meter el cronómetro dentro de la camiseta.

—Pues vamos a hacer una carrera en el laberinto entonces.

—¡No! —intervino Quincy—. El laberinto está fuera de los límites. No podemos ir allí. —Lo miró con un gesto de preocupación en la boca.

—Pero si hemos venido por ahí —respondió Theo—. No era tan complicado y es obvio que alguien estuvo antes que nosotros. Había unas huellas.

Quincy abrió los ojos de par en par.

—¿Qué... clase de huellas?

Theo frunció el ceño.

—¿Huellas de niños?

Quincy soltó una risa de alivio.

—No, eso es imposible. Yo era la única niña que estaba aquí antes de que vosotros llegarais. Intenté recorrerlo, pero acabé perdida durante dos horas. Es imposible atravesarlo. Ni siquiera el Conde pudo hacerlo. ¡Venga, te reto a una carrera!

Quincy le arrojó el lazo con el que sujetaba a los dos bebés pegajosos a Eris y luego salió disparada como un rayo. Theo la persiguió, todas las abejas de su interior arrullaban de felicidad. Theo estaba tan ocupada, tan activa, que no tenía tiempo de preocuparse, pensar o sentir cualquier otra cosa que no fuera la euforia por moverse, competir, escalar y aprender a manejar el lazo, al igual que Alexander estaba tan atareado, tan ocupado, que no tenía tiempo de preocuparse, pensar o estresarse por nada que no fuera ajustar la temperatura del horno y preguntarse a qué altitud se encontraban y cómo afectaría eso a sus galletas.

El circuito de cuerdas era para ella, la cocina era para él y la oscuridad que los separaba le pertenecía por completo a otra persona.

ONCE

—¡Hey! —saludó Theo falta de aliento, sucia y feliz cuando se asomó a la cocina—. Vamos. Es la hora de la manicura y la pedicura obligatorias. Ya han ido todos.

—Ah, vale. Te necesito —le respondió Alexander tranquilo, pulcro como una patena y feliz mientras preparaba otra tanda de galletas—. Estoy utilizando el cronómetro de la cocina para las galletas, pero necesito uno para el pan de ajo. No puede quemarse. Máximo dos minutos.

—Enseguida —contestó Theo. A ella le parecía que había que seguir muchos pasos y hacer demasiadas cosas para poder cocinar en condiciones, pero de controlar el tiempo sí que podía encargarse. Inició el cronómetro y acercó la cara al cristal del horno para ver cómo la parte de arriba del pan pasaba de un color claro a un perfecto tono dorado algo más oscuro.

»¡Tiempo! —exclamó y se quitó de en medio para que un Alexander enfundado con guantes de horno sacara el pan.

Mientras Theo se lavaba las manos y la cara, Alexander sacó la última tanda de galletas del horno y las dejó sobre la encimera para que se enfriaran.

—Vale —dijo Alexander—. Si son manicuras obligatorias, así que podríamos decir que se trata de una actividad... «permanente».

—Solo si te quieres poner *pediante* con el tema —le sonrió Theo siguiéndole el chiste mientras salían al vestíbulo—. ¿Es raro que esté emocionada? Nunca me he hecho ninguna.

—Yo tampoco. —Su padre a veces se hacía tratamientos de manicura y pedicura para mimarse, pero su madre decía que era mejor que ella no enseñara los pies. De hecho, ahora que Alexander lo pensaba, nunca la había visto ni siquiera sin calcetines.

Al otro lado del vestíbulo había un pasillo corto. Llevaba a unas puertas que tenían unas letras doradas sobre el marco que decían Spa Sanguíneo: Para cuando estás seco.

Theo atravesó las puertas con confianza. Alexander la siguió con bastante más timidez.

—Pensaba que los niños tenían prohibido el acceso al *spa* —comentó.

—Así es, excepto a la zona especialmente preparada para nuestra manicura y pedicura, que está aislada. Quincy me dijo que la buscara tan pronto como te encontrara. —Sin embargo, una vez dentro, eso fue todo un problema, ya que no había ningún indicio claro sobre dónde habían ido Quincy y el resto de los niños.

La sala de espera del *spa* era algo que los adultos verían y pensarían *Guaaaau*. Tenía largos sofás de piel, una alfombra de felpa verde, paredes lisas blancas y una fuente en la esquina.

Theo la miró y pensó *Meeeeeeh*. Le resultaba todo un aburrimiento. Bien podría ser también la sala de espera de una buena clínica o de un dentista presumido privado. Había un mostrador de registro sin nadie que los atendiera, y dos puertas de cristal esmerilado que daban acceso al resto del *spa*.

—Quizás debamos esperar aquí a que Quincy venga a por nosotros —señaló Alexander, que no quería arriesgarse a meterse en problemas. El parecido con la clínica de un dentista ya estaba haciendo que se preocupara por tener una caries a pesar de que era muy meticuloso con el cuidado de los dientes, además, los *spas* no guardaban ninguna relación con los dientes. ¿Verdad? La fuente de la esquina parecía estar hecha con los afiladísimos dientes de una canina, casi podría decirse que parecían colmillos, colocados hacia abajo y por los que discurría el agua.

Alexander nunca había estado en un *spa* y los lugares y las experiencias nuevas siempre hacían que se pusiera más nervioso. Normalmente su madre solía estar con él para darle confianza y enseñarle cómo debía comportarse, pero sin ella allí, no tenía a nadie a quien tomar como referencia. Estaba claro que no iba a copiar el comportamiento de Theo, que en ese momento estaba apoyado sobre el mostrador, casi subida encima.

—¡Ah! —gritó Theo al mismo tiempo que retrocedía. Una cabeza llena de trenzas negras salió de detrás del mostrador.

—¿Wil? ¿Esta es la actividad que tú has elegido? —le preguntó Alexander confuso. Puede que hubiera decidido ayudar en el *spa*, como él en la cocina.

Wil se llevó un dedo a los labios.

—No me habéis visto. —Se apresuró a salir al pasillo, las puertas se cerraron tras ella.

Theo dio la vuelta al mostrador, uno de los cajones estaba medio abierto. Lo terminó de abrir y encontró un montón de carpetas con el nombre de gente escrito en ellas. ¿Las habría mirado Wil? En caso afirmativo, ¿por qué? Theo se encogió de hombros ante semejante idea. Le resultaba muy extraño, lo más seguro era que Wil solamente estuviera buscando una señal más fuerte de wifi.

A Theo le aburría esperar. Solo había otra puerta además de las de la entrada. Theo se aproximó a ellas y las abrió.

—Pero *qué* narices... —susurró. Alexander se apresuró para ver lo que ella estaba viendo, pero tampoco tuvo palabras para describirlo.

Se esperaba una habitación blanca como la leche, similar a la sala de espera. Sin embargo, en vez de eso, el espacio era más parecido a una cueva. Había muchos escalones descendentes. No había ventanas, solo muchas puertas pesadas de latón repartidas por las gruesas paredes de piedra. Unos cuantos candeleros encendidos que emitían una luz tenue y humeante. Las rocas de las paredes no estaban decoradas a excepción de unas caras con expresión malvada que estaban enseñando los colmillos y que miraban hacia abajo desde las sombras más oscuras y cercanas al techo curvo de piedra.

No obstante, el diseño de esta habitación no era lo más extraño de todo.

Colocados sobre unas mesas dispuestas en una fila perfectamente alineadas, como si se tratara de una morgue, envueltos en batas negras y con unas cintas de satén negra sobre los ojos, estaban todos los padres. Ninguno se movió ni pareció darse cuenta de nada. Resonaba una pista de ruido blanco que ahogaba cualquier otro sonidito que un ser vivo pudiera hacer, así que Theo y Alexander tampoco podían estar seguros de que los padres estuvieran respirando. Al lado de cada una de las mesas ocupadas, había una bandeja y en cada una de las bandejas, varios viales de un líquido rojo oscuro.

—¿Por qué tienen toallas cubriéndoles el cuello? —susurró Theo al mismo tiempo que los señalaba. Todas las gargantas estaban cubiertas con pequeñas telas de color escarlata que cubrían la piel de esa zona.

—¿Qué clase de sitio es este? —susurró Alexander.

—No deberíais estar aquí —les respondió una voz a sus espaldas al mismo tiempo que unas manos les agarraba con bastante fuerza por los hombros.

Sacaron a Theo y a Alexander de un tirón al vestíbulo del *spa*. El Conde los observó al mismo tiempo que se cruzaba de brazos.

—Os lo dije, los niños tienen prohibido el acceso al *spa*. No os quieren aquí. Están intentando relajarse. Necesitan que los drenen.

—¿Qué los drenen de qué? —cuestionó Alexander algo más que asustado. No podía quitarse la imagen de los viales rojos de la cabeza. Eran demasiado pequeños como para ser bebidas, cremas o cualquier otra cosa que se le ocurriera que alguien pudiera querer en un *spa*.

El Conde se aclaró la garganta y miró para otro lado. Theo siempre se daba cuenta de cuándo los adultos mentían, ya que siempre lo hacían de la misma manera. El Conde estaba buscando en ese momento por la habitación algo que le sirviera para inventarse la mentira que estaba a punto de contarles.

—Del estrés, por supuesto.

Theo y Alexander intercambiaron una mirada dubitativa. Quizás eso era lo que la gente hacía en los *spas*. Quizás todos los *spas* se parecían a cuevas, estaban poco iluminados y tenían a la gente dispuesta como si fueran cadáveres. No parecía ser algo divertido que hacer, pero los adultos hacían montones de cosas para divertirse que a Theo y a Alexander les resultaban desconcertantes. Sus padres no, porque tenían aficiones geniales como construir robots de combate y traducir libros antiguos, pero tenían amigos cuyos padres se dedicaban a la jardinería, a coleccionar vasitos de cristal de restaurantes o a echarse la siesta. ¿Acaso había algo más aburrido que dormir cuando no tenías que hacerlo?

—Hemos venido a hacer la actividad «permanente» —le explicó Theo.

—¿A hacer *qué*? —Una parte de los labios inquietantemente rojos del Conde se elevó como si de un signo de interrogación se tratase.

—¡Aquí estáis!

Alexander y Theo se giraron para ver a Quincy. Había abierto una puerta que se encontraba en una de las paredes, era tan blanca y lisa que ellos la habían pasado por alto.

—Venga —les dijo Quincy—, que tengo a los dos bebés pegajosos atados a las sillas, pero seguro que se escapan pronto y no puedo dejar el esmalte desatendido.

El Conde los empujó hacia Quincy. Alexander echó un último vistazo por encima del hombro a la misteriosa habitación parecida a una cueva antes de que el Conde cerrara la puerta y aislara a los padres.

—¿Qué hacen allí dentro? —preguntó Alexander, pero Quincy y Theo ya se habían encaminado hacia la habitación de la manicura y lo habían dejado solo.

Sintió una brisa en la nuca. Alexander se llevó la mano al cuello y sintió cómo se le erizó la piel cuando escuchó algo parecido a una risa. Sin embargo, cuando se dio la vuelta, estaba solo.

—¡Esperadme! —gritó, nunca había tenido tantas ganas de que le pintaran las uñas.

CAPÍTULO

DOCE

Resultó que a los mellizos Sinister-Winterbottom no les gustó que les hicieran la manicura y la pedicura.

No tenían nada en contra del esmalte de uñas. A Theo le había encantado tener que escoger los colores y decantarse por un naranja cono de tráfico para las manos y un verde vertido tóxico para los pies. Alexander había decidido negarse a que le hicieran la manicura, ya que era consciente de la cantidad de veces que se tenía que lavar las manos para cumplir con los protocolos de la manipulación de alimentos de los que se acababa de sacar el certificado, pero sí que escogió un suave tono verde azulado con el que pintarse las uñas de los pies.

Sin embargo, ninguno de ellos había tenido en cuenta lo mucho que tardarían en secarse. Siguieron a Quincy por el pasillo y atravesaron el vestíbulo cargando con los zapatos en los brazos y deslizándose como pudieron con unas chanclas de goma.

—¿No puedo usar las manos ni correr? —masculló Theo—. Esto es una pesadilla.

Alexander nunca había llevado sandalias y, por fin, comprendió a lo que su madre se refería con que «era mejor no enseñar los pies». Se moría de ganas de cubrirlos de nuevo. Estar prácticamente descalzo sobre el frío suelo de piedra gris hacía que se sintiera extrañamente vulnerable, no obstante, él seguía mirando hacia arriba en lugar de hacia el suelo.

—¿Te pasa algo en el cuello? —le preguntó Theo.

Alexander dejó de mirar hacia arriba.

—¿No te sientes observada?

—No, siento como si... ¡Agg! Mira, ahí, ya me he estropeado las uñas. Sabía que pasaría. —Ahora daba la sensación de que un coche se había chocado con el cono de tráfico de una de las uñas—. ¿Cómo puede nadie estarse quieto el tiempo suficiente como para que esto se seque?

—Directos al cafellón —les indicó Quincy mientras guiaba la procesión de niños. Joseph, Joey y Jojo habían elegido un esmalte beige, mientras que Eris se había decantado por el negro. Quincy se había encargado de pintarles las uñas a los dos bebés pegajosos en un tono amarillo fluorescente con una capa de brillo fosforescente «por si acaso». Alexander se preguntaba de qué caso estaría hablando.

Ren se había negado a que le pintaran las uñas alegando que a su padre no le gustaría, así que se había quedado encorvado, con el ceño fruncido, los brazos cruzados y con los pies cada vez más arrugados por no sacarlos de la palangana. Terminó que parecía que tenía uvas pasas blancas en lugar de dedos de los pies. Las uvas pasas blancas eran, de lejos, lo único peor que existía más allá de las pasas normales.

Quincy los guio hasta el cafellón, una habitación enorme conectada con la cocina. Tal y como sugería el nombre, un cafellón era un espacio multifuncional. El suelo estaba hecho de madera pulida, mientras que las paredes eran de piedra, pero había canastas de baloncesto colgando del techo y un escenario en el lado más alejado. Entre ellos y el escenario había muchas mesas y sillas plegables.

Alexander se quedó en la puerta de entrada. Había un folio colgado para apuntarse a un concurso de talentos. Se quedó petrificado momentáneamente de miedo: él no tenía ningún talento que mostrar. No podían obligarlo a subir al escenario, pero luego lo miró más de cerca. La fecha que había arriba era de hace un año, del verano anterior. Entre un montón de nombres que desconocía, había varios que, por extraño que fuera, sí conocía. Los Black-Widow, por ejemplo. Esos eran Edgar y sus padres y, debajo, Mina y su familia.

¿Cómo sería volver a este sitio sin sus padres, con todos los recuerdos felices rondando entre las vigas solo que ahora teñidos por el dolor y la pérdida?

El horario bajo las actuaciones también parecía distinto. Algo llamado «torneo de batminton», seguro que se trataba de una errata a la hora de escribir bádminton, además de rutas guiadas por el bosque, carreras en el laberinto y...

—¡Láser Tag en las catacumbas! —gritó sorprendida Theo, que estaba leyendo por encima del hombro de Alexander—. ¿Cuándo podemos hacerlo?

—No podemos —respondió Quincy escoltando a los bebés pegajosos—. Las hemos perdido.

—¿Las pistolas de láser tag? —preguntó Alexander.

—No, las catacumbas.

—¿Cómo... cómo se pierden unas catacumbas? —inquirió Theo. Sabía, tras haber leído sobre las catacumbas de París, que las catacumbas eran grandes túneles subterráneos que normalmente se utilizaban para acumular huesos. Alexander no lo sabía y Theo no se lo contó porque era el tipo de hermana que entendía que muchas cosas ante las que su cerebro reaccionaba con un ¡QUÉ PASADA!, el de Alexander reaccionaba con un ¡SOCORRO!

Quincy se encogió de hombros y volvió a encargarse de los bebés.

—Vamos, gremlins. Sentaos.

Además, en el folio de las inscripciones también había un montón de opciones de actividades que hacer en el *spa* como tratamientos exfoliantes con sal, sauna y algo llamado masajes con piedras calientes, que sonaba a algo doloroso porque ¿quién querría que le masajearan con una piedra caliente?, pero parecía que la mayoría de las cosas podían hacerse en familia, juntos.

¿Por qué había cambiado eso?

—¡Hola! —los saludó Mina con alegría.

Alexander se giró y la rodeó con los brazos para abrazarla.

—Siento mucho lo de tus padres —se disculpó. Al contrario que Theo, que no sabía cómo sentir sus *propios* sentimientos, Alexander siempre sentía todo de manera muy profunda, incluso cuando los sentimientos no eran suyos. Tenía la imaginación tan desarrollada por estar siempre visualizando un millón de formas diferentes en las que las cosas podían ir mal que también era capaz de imaginarse lo que sería sentir cosas que nunca había sentido. Ahora mismo, estaba sintiendo lo que tuvo que ser para Mina hacer la primera temporada del *spa* sin sus padres.

Mina abrazó a Alexander de vuelta y apoyó la cabeza encima de la suya.

—Gracias —le respondió en un tono suave, aunque también dejaba entrever que tenía ganas de llorar, pero que no tenía tiempo para hacerlo—. ¿Tengo que darte las gracias por la comida que hay preparada en la cocina?

Alexander asintió, se soltó de Mina y retrocedió. Tenía la cara del color de un esmalte de uña, solo que este sería de un rosa tono «Tierra trágame».

—¿Te podemos ayudar con algo más? ¿Sirviendo la cena, por ejemplo?

—Sí, por favor —le contestó Mina—. ¿Podríais sacar las dos bandejas de la cocina y traerlas mientras yo termino de organizar las mesas? Quisiera haberlas tenido listas para ahora, pero me he entretenido más de la cuenta en el *spa*.

—¿Con qué? —preguntó Alexander con la esperanza de obtener alguna respuesta por su parte.

—NO CREAS QUE NO VEO EXACTAMENTE LO QUE ESTÁS HACIENDO.

Alexander se encogió.

—Lo siento. Sé que tenemos prohibida la entrada y que no deberíamos haber mirado, pero lo hicimos y ahora no puedo dejar de pensar en ello y…

Mina pestañeó rápido al volver a mirar hacia abajo, a Alexander. Theo se dio la vuelta para intentar ver aquello que Mina había estado observando, pero el techo era tan alto que ella no era capaz de distinguir nada.

—Ay, no, perdón —se apresuró a disculparse Mina—. Es lógico que tengáis curiosidad. Si os soy sincera, no tengo ni idea de lo que hacemos en el *spa*. Todo es muy distinto desde que el Conde se puso al frente, pero no pasa nada. A veces los cambios son buenos. —Mina forzó una sonrisa y se apresuró a terminar de montar las mesas.

Theo y Alexander entraron en la cocina. Había dejado todo lo que había que servir caliente en cajones calentadores, todo lo que necesitaba mantenerse en frío en la nevera y todo lo que necesitaba estar a temperatura ambiente, fuera. Todo estaba justo donde tenía que estar. A excepción de…

—Había más galletas —comentó Alexander.

—Lo mismo Mina se las ha comido —le tranquilizó Theo, ya que si ella fuera Mina, lo habría hecho sin duda alguna.

Sin embargo, Alexander no pensaba que Mina hubiera dejado un rastro de migas a lo largo del mostrador que terminara justo debajo del armario con el bote de las cerezas al marrasquino que no estaba bien cerrado. Abrió el armario, medio esperando que algo difuso y marrón apareciera, de manera que le alivió bastante no encontrar más que un bote de crema de malvavisco. Solo que… no había ni rastro de las cerezas.

—Hmm —murmuró, pero no tenía tiempo para preocuparse por eso. Cargó con las bandejas de comida, con una en cada mano, mientras Theo llevaba dos en cada brazo y una sobre la cabeza. Las colocaron sobre las mesas.

Quincy se puso derecha tras susurrarle algo a Ren, que abrió la boca para decir algo, pero ella se tapó la boca con un dedo y le guiñó un ojo.

Ren se distrajo pronto con las opciones de comida que había.

—Yo quería *nuggets* de pollo —protestó con el ceño fruncido.

—¿Cuándo van a unirse los adultos? —preguntó Alexander, que quería preguntarles sobre el *spa* y a Wil si había llegado a unirse a esas actividades.

—Oh, no van a hacerlo —respondió Quincy—. La separación es completa. Ahora, ¡a comer! Tenemos planeada una actividad divertida para después de cenar.

Theo no necesitó que se lo dijeran dos veces. Mina terminó de poner la mesa una vez que colocó unas jarras de ponche rojo oscuro de frutas delante de ellos. Quizás fuera eso lo que les daba color a los labios del Conde. Alexander miró las jarras con cautela, sin querer pintarse los labios con el ponche.

—¿Te han gustado las galletas? —le preguntó a Mina esperanzado.

—Ah, no las he probado, pero me muero de ganas de comerme una en cuanto acabe el día. Ahora tengo que llevar las infusiones al *spa* —contestó Mina mientras salía corriendo.

—Entonces, ¿quién se ha comido las galletas? —cuestionó Alexander.

—Cualquiera con dos dedos de frente —respondió Theo—. Tus galletas están muy buenas.

—Así es —susurró una voz. Alexander se dio la vuelta, pero no vio a nadie.

—Prestad atención —murmuró para sí.

—¿Cómo dices? —le preguntó Quincy.

Alexander sacudió la cabeza, sorprendido de que le hubiera escuchado.

—Es lo que nuestra tía nos dijo cuando nos dejó aquí. Dijo que teníamos que prestar atención y no puedo evitar sentir que aquí pasa algo… raro.

—No —le espetó Quincy—. No. Aquí no pasa nada raro. Lo único que necesitas es encontrar algo con lo que matar el tiempo. Tienes que entretenerte más. Yo puedo entretenerte más. Yo te *entretendré* más.

—Yo…

—Si queréis buscar algo —les dijo acercándose a ellos y con los ojos tan abiertos y brillantes que casi parecía tener fiebre—, ambos podéis encargaros de la búsqueda del tesoro. También es importante. Nos, es decir, me sería de gran ayuda y tengo una pista para vosotros.

—¡Sí! —exclamó Alexander una vez más. Su voz resonó por todo el cafellón, cosa que sorprendió a todos los allí presentes.

CAPÍTULO

TRECE

—Perdón —se disculpó Alexander mientras se aclaraba la garganta de manera algo extraña. Todo el mundo volvió a centrarse en sus platos—. ¿Cuál es la primera pista?

Quincy enrolló la pasta en el tenedor mientras miraba los espaguetis como si se estuviera planteando si podía convertirlos en lazos.

—Bueno, en realidad solo hay una pista y tenéis que mantenerlo en secreto. Tanto la pista como el hecho de que estáis haciendo la búsqueda. Si encontráis algo, solo podéis contárnoslo al Conde o a mí.

—¿Y a Mina? —preguntó Alexander esperanzado.

—No. —El tenedor de Quincy chirrió en el plato de manera muy desagradable—. No. No se lo digáis a Mina. Ella ya tiene mucho que hacer, no queremos aumentarle las tareas, ¿verdad?

—Verdad —concordó Theo sin dudarlo.

—… Verdad —respondió Alexander con dudas. Él realmente quería que Mina formara parte de aquello.

—De acuerdo, esta es la pista: es plano y rectangular.

La expresión facial de Alexander cayó hasta el suelo, al igual que sus esperanzas. Le gustaba mucho Quincy, así que no tuvo el coraje de decirle que se trataba de una pista horrorosa y que si esa era la única pista, aquello no se parecía en nada a una búsqueda del tesoro. Forzó una sonrisa y levantó los pulgares.

—Entendido.

—Quizá sería conveniente que lo escribiéramos —gruñó Theo de manera sarcástica. Alexander le golpeó con el codo a lo que ella respondió con otra sonrisa forzada—. Es broma. Entendido. —Después de todo, Quincy también estaba trabajando un montón al encargarse de todo el programa. Lo menos que Theo podía hacer era bromear con la otra chica. Además, lo que más le convenía a Theo era mantener a Quincy contenta. Una Quincy contenta era una Quincy que jugaba con el lazo, y Theo se moría de ganas de aprender algunos trucos con la cuerda. Quincy le había dado un trozo de cuerda, pero no era tan fácil como la vaquera hacía que pareciera.

—Recordad —insistió Quincy—. Mantenedlo en secreto y… es importante. Muy importante. Confío en vosotros para ayudarme con esto.

Volvió para encargarse de los bebés pegajosos y para lidiar con las quejas de Ren, Theo se preparó un sándwich de espaguetis con lo que le quedaba y se lo comió tan rápido como pudo.

—Vamos —dijo con la boca manchada de salsa marinara—. Creo que ya lo he resuelto.

—¿Ya? —se sorprendió Alexander algo decepcionado. Echaba de menos el cementerio, cuando estuvo trabajando en equipo con Theo y Wil para buscar los nombres y las fechas antiguas, ya que sabían que sus padres los esperaban al término de la búsqueda.

—Sep —afirmó Theo dando golpecitos impacientes con el tenedor mientras esperaba a que Alexander terminara de comer; luego, sin dejar de ser los niños responsables que eran incluso cuando estaban en medio de una misión, recogieron sus platos y los lavaron—. ¿Puedes preparar churros mañana? —le preguntó Theo mientras tomaba una de las galletas.

Alexander miró las galletas con cautela. No tenía dudas de que faltaban más. Ninguno de los niños había entrado en la cocina y Mina dijo que no comería ninguna hasta que hubiera terminado el trabajo.

—¿Churros? —insistió Theo dándole un codazo.

Alexander sacudió la cabeza.

—No tienen los electrodomésticos necesarios.

Theo suspiró y agarró una segunda y una tercera galleta.

—Supongo que estas me sirven como sustituto aceptable.

—Adivina cuál es el único ingrediente que tiene la receta de las galletas del *spa*.

—No —se estremeció Theo—. No lo digas.

—¡Pasas!

Theo sacó la lengua e hizo un mohín.

—Cómo me alegro de tengas sensatez.

—Y gusto.

—Y una fuerte moral rectora que te obliga a tomar las mejores decisiones ante las tentaciones del mal.

—Y la receta de las galletas de nuestros padres grabada a fuego en la mente.

—Vamos —gruñó Theo, las abejas que la habitaban se alborotaron rápidamente al acordarse de sus padres. Los sacó de la cocina.

Alexander no tardó mucho en darse cuenta de a dónde se dirigían y empezó a arrastrar los pies de uñas azuladas. Sin embargo, cuando llegaron al pasillo de la alfombra color rojo sangre y del cuadro con la cosa esa difusa y marrón que desaparecía, descubrieron que había otro cuadro donde antes estaba el retrato de la mujer.

—¿Estamos en el sitio correcto? —Theo estaba confundida porque *nunca* se equivocaba al orientarse. Se le daba muy bien navegar, leer mapas y resolver cómo llegar desde el punto A al punto B tanto de la manera más rápida como de la manera más interesante. Y estaba segura de haberse dirigido al pasillo correcto, solo que ahora estaba el cuadro equivocado.

En lugar del retrato de la mujer misteriosa, estaba el de un hombre. Tenía la piel de color cetrino, mucha frente y una nariz que podía narrar miles de historias, la mayoría sobre cuántas veces se la había roto. Sujetaba un bastón con un mango de plata que parecía la cabeza de un lobo con el cuerpo de un brillante dragón-serpiente. No obstante, la parte de la que no eran capaces de apartar la vista era de sus ojos, que los miraban de manera imperiosa. Los habían pintado de forma que brillaban con una luz rojiza.

—Creo que este me gusta incluso menos —afirmó Alexander.

Theo le sacó la lengua al hombre. No le gustaba la manera en que la miraba, como si supiera más que ella. Odiaba no saber lo mismo que los demás. Ese era un gran motivo por el que Alexander leía libros de misterio y Theo, libros de no ficción.

—¿Quién ha cambiado el cuadro? —preguntó Alexander—. Quizás forme parte de la búsqueda del tesoro. O se trate de una pista.

—Es posible. —Theo habría jurado que escuchó el sonido de una risa susurrada por encima de ellos, así que miró hacia arriba tratando de penetrar con la mirada las vigas que se entrecruzaban en el techo—. Alexander —dijo—, es cosa mía o tú también te sientes...

—¡Theo! —la llamó Alexander al mismo tiempo que se acercaba a ella y le agarraba la mano—. Es cosa mía o el cuadro se está... ¿moviendo?

CAPÍTULO

CATORCE

uando alguien dice «Es cosa mía» lo más probable es
que esté deseando saber que no es cosa suya y que la
otra persona confirme que no es el único que odia las
pasas. Sin embargo, a veces hay quien dice «Es cosa mía»
deseando que de verdad *sea* cosa suya y que la otra persona
le confirme que la idea de que un cuadro está *respirando* no
es más que el producto de su exageradamente inquieta imaginación.

Por desgracia, esta vez no era solo cosa de Alexander.
Hubo un indicio de movimiento cuando el cuadro se movió
ligeramente hacia fuera y luego volvió a su posición original.
Dentro y fuera, como si estuviera respirando de manera lenta
y disimulada.

—Echo de menos la parte difusa y marrón del otro cuadro —se lamentó Alexander al mismo tiempo que retrocedía
un paso—. Al menos tuvo la decencia de desaparecer tras
asustarnos.

Theo tragó con esfuerzo. Ella era valiente. Extraordinaria y, a veces, temerariamente valiente, sin embargo, mirar un cuadro que parecía tener vida era un tipo de miedo distinto al que se sentía, digamos, al ver un tobogán de agua gigante.

—Vale, esto es sin ninguna duda plano, rectangular y digno de mención. Deberíamos ir a decírselo a Quincy.

Theo se dio la vuelta y corrió a toda velocidad por el pasillo, pero tuvo que pararse de golpe al chocarse con el Conde. Este se alzó imponente sobre ella y la miró con el ceño fruncido.

—¿Qué estás haciendo? —le preguntó—. ¿No deberías estar con el resto de los niños?

—Estamos haciendo la búsqueda del tesoro —le respondió. Alexander apareció detrás de ella, ya que fue lo suficientemente sensato como para no correr y, por tanto, tuvo la suerte de no darse literalmente de bruces con el Conde. Theo se rascó el hombro. Chocarse con él había sido bastante similar a golpearse con el palo de una escoba—. Y hemos encontrado algo plano y rectangular, tal y como nos dijo Quincy.

—Plano y... ah, sí. —Los ojos del Conde brillaron repletos de entusiasmo. Retorció los dedos expectante—. Mostrádmelo —ordenó. El Conde los siguió hasta el cuadro.

Alexander se preparó para volver a ver al hombre espeluznante.

—Pero ¡¿qué narices?! —exclamó, porque, justo donde hacía un momento estaba el cuadro que respiraba, ahora estaba el retrato de dos chicas. Y no de dos chicas cualesquiera. Mina los miraba desde el cuadro y tenía la mirada fija en él. Mina tenía la mano apoyada sobre el hombro de una niña pequeña, como si la estuviera manteniendo en su sitio. Esa chica tenía el pelo rubio flotando alrededor de la cabeza, como si de un halo se tratara, y los ojos de un tono negro intenso. Tenía la boca bien cerrada y sonreía levemente, además, estaba cerca del borde del marco, como si estuviera a punto de escaparse.

—¿Esto? —preguntó el Conde con desdén—. No es más que otra pintura Sanguínea.

—¿Cómo que una pintura Sanguínea? —se interesó Theo.

—Sí. Son las chicas Sanguíneo —respondió el Conde al mismo tiempo que señalaba la pintura—. Lucy y Mina Sanguíneo.

—¿El apellido de Mina es Sanguíneo? —preguntó incrédula Theodora Sinister-Winterbottom.

—Son de Gales —les explicó el Conde como si eso fuera más que suficiente—. Creo que el retrato de sus padres está por aquí cerca. A menos que también haya desaparecido. Aquí las cosas tienden a desaparecer: cuadros, llaves, padres, hermanas pequeñas. —Se quedó observando el cuadro.

—¿Mina tiene una hermana?

—Ya no está aquí. Esto no es nada —les informó el Conde con un suspiro cansado—. Seguid buscando. Todo depende de vuestro éxito...

Theo miró su espalda conforme se alejaba.

—Es una pista tontísima —murmuró—. Ni siquiera tiene sentido.

Alexander no podía preocuparse de por qué el Conde estaba tan volcado con la búsqueda del tesoro. Estaba demasiado confuso mirando el nuevo retrato. ¿Qué le sucedió a Lucy? ¿Quién estaba cambiando los cuadros? ¿Y por qué lo estaba haciendo?

O... ¿acaso los cuadros se estaban cambiando solos? De ser así, ¿cómo?

—Bueno, esto ha sido un fiasco —gruñó Theo—. ¿Qué más conocemos que sea plano y rectangular?

—¿Trozos de papel? —propuso Alexander al mismo tiempo que agarraba el brazo de Theo para guiarla fuera de ese horrible pasillo.

—Recuerdo todos esos papeles que había en el *spa*, pero seguro que no quieren que los miremos. ¿Qué más?

—¿Qué perdieron?

—Las catacumbas —respondió Theo emocionada.

—Solo que no son planas ni rectangulares.

—Eso es cierto —admitió Theo con el ceño fruncido. Se moría de ganas de encontrarlas.

—¿Y si...? ¿Y si lo que Quincy quiere que busquemos es también lo que la tía Saffronia quiere que encontremos? —aventuró Alexander, que se detuvo. Los había llevado hasta una puerta en concreto sin pensar, sin ni siquiera quererlo—. Las puertas son planas y rectangulares. —Estiró el brazo y tocó el horrible pomo de la cara tallada.

Theo tiró de él y lo giró.

—Sigue cerrada, y ¿por qué nos necesitarían para encontrar esta puerta? Está justo aquí.

—Tienes razón. No tendría sentido que nos hicieran buscar una puerta, a menos que... —Alexander se detuvo y abrió mucho los ojos.

—A menos que hubiera una puerta donde no debería haberla.

—Una puerta en una roca en medio del bosque a la salida de un laberinto.

—Alexander —celebró Theo—, eres un genio. —Entonces hizo una pausa—. Pero se supone que no podemos adentrarnos en el laberinto. Quincy nos lo ha dicho.

—Vaya. —El ánimo de Alexander decayó. Estaba segurísimo de haber dado en el clavo—. ¿Dijo por qué?

—No, y, de hecho, fue justo antes de decirnos lo de la búsqueda del tesoro, así que probablemente se refiriera a que estaba prohibido entrar en él durante las actividades grupales, pero ya que se trata de nuestra actividad especial, tuya y mía, supongo que no será ningún problema.

—¿Estás segura? Deberíamos pedirle permiso —intervino Alexander.

—Deberíamos —remarcó Theo, cosa que Alexander comprendió como que iba a hacerlo cuando lo que su hermana pretendía decir en realidad era que se trataba de algo que debían hacer pero que no iba a hacer ya que no quería y no pensaba que debiera hacerlo. El laberinto formaba parte del *spa* y, a fin de cuentas, ellos eran huéspedes del *spa*.

Sin embargo, fuera ya había anochecido y, aunque Theo quería cronometrarse para ver el tiempo que tardaba en recorrer el laberinto y calcular lo rápido que podría hacerlo, no quería empezar a hacerlo de noche. Eso afectaría a su velocidad.

—Tenemos una actividad de meditación activa por la mañana. Sea lo que sea eso, parece aburrido —afirmó Theo—, así que iremos en ese momento.

Alexander estaba a punto de volver a comprobar que Theo fuera a pedir permiso cuando un crujido proveniente de unos altavoces escondidos los interrumpió.

—Hora de acostarse —anunció el Conde, la voz los rodeaba—. Hora obligatoria de acostarse. Todos los niños deben estar en la habitación de las literas por su seguridad.

—¿Por *nuestra* seguridad? —preguntó Alexander.

—¡Aquí estáis! —Quincy atravesó el pasillo mientras giraba el lazo—. Vamos, hora de acostarse. Tenemos que volver a la habitación de las literas. ¡Deprisa! —Movió el lazo y Alexander y Theo se apresuraron para adelantarse. Recorrieron el pasillo y las escaleras en un santiamén y no tardaron en llegar a la habitación, donde ya se encontraban el resto de los niños. Quincy estaba detrás de ellos y echó la llave de la habitación.

—¿Nos has encerrado aquí dentro? —preguntó Alexander horrorizado.

—Eso o ha encerrado al resto fuera —le respondió Theo con un mohín. Estaba claro que necesitaba aprender a abrir cerraduras. Lo añadió a la lista de nuevas habilidades que tenía que adquirir, junto con echar el lazo y hacer rapel.

—Es por vuestra seguridad —los tranquilizó Quincy mientras escondía la llave en su sombrero.

—¿Qué quiere decir eso? —A Alexander no le gustaba la manera en la que seguía diciendo la palabra «seguridad». Le gustaba mucho el concepto de seguridad, pero si una puerta la bloqueaban por seguridad, eso significaba que dejarla sin el pestillo echado no era seguro.

—Es un gran edificio, son muchas escaleras y es muy oscuro por la noche. Si salierais por la noche no estaríais supervisados. ¿Qué clase de adultos os dejaría sin supervisión?

—La tía Saffronia —respondió Theo. Era cierto, lo que significaba, por extensión, que sus padres también lo harían, ya que ellos fueron quienes los dejaron bajo la no supervisión de la tía Saffronia.

—Bueno, pero el Conde no es de esa clase de adultos —replicó Quincy.

Alexander emitió un pequeño sonido dubitativo.

—Sé que parece... extraño, pero os prometo que solo quiere lo mejor para vosotros. Lo mejor para todos nosotros, de verdad. Todo va a ir bien. Mejor que bien. Todo va a ir normal. —Quincy les sonrió y Alexander le devolvió la sonrisa. Eso era lo que él quería, un verano normal, con sus padres.

»De acuerdo —gritó Quincy—. A ponerse los pijamas, lavarse los dientes y a la cama. —Algunos de los otros niños gimieron con desaprobación.

No era justo para con Quincy, que solo tenía doce años y estaba a cargo del resto de los niños. Aunque a Theo nunca le había interesado cuidar niños, sí que estaba interesada en ayudar a sus amigos. Sacó el cronómetro y lo sostuvo en el aire.

—Aquel que esté completamente listo para acostarse y metido en la cama en tres minutos gana… —Theo se calló sin saber lo que ofrecer.

—Un malvavisco con chocolate deconstruido para desayunar —completó Alexander a quien se le había ocurrido esa idea durante el día, pero que no quiso ponerla en práctica añadiéndola al menú. Se quedó a la espera de recibir un montón de preguntas sobre lo que era eso y por qué deberían querer uno, pero subestimó lo mucho que a un grupo de niños les motivaría la idea de comer un postre a deshora.

—No sabía que podían moverse tan rápido —comentó Quincy, luego se llevó la mano a la frente—. Que yo también me tengo que preparar, ¡que yo quiero uno!

Theo y Alexander se rieron ante el alboroto que habían creado y se unieron a él y, cómo no, a los tres minutos todos los niños, los bebés pegajosos incluidos, estaban ya acostados en la cama.

Aquel día de recorrer circuitos de cuerdas, de preparar comida y de ser apartados para darles una pista con la que empezar la búsqueda del tesoro que debían mantener en secreto había agotado a todos y cada uno de los niños. Lo que significaba que todos los pares de ojos se cerraron de sueño en cuestión de minutos.

A excepción, cómo no, de ese par que los observaba desde las vigas del techo y que, oculto, lo veía todo.

QUINCE

Alexander estaba en una cama que no era la suya. La estancia que lo rodeaba se expandía de manera casi imposible hacia la inmensidad de la oscura noche, y él sabía que no le serviría de nada abrir la boca para gritar. Había una persona sentada a los pies de su cama, justo donde nadie debería estar.

—*Shh* —siseó la persona. Esa persona estaba rebuscando en su maleta.

Ese gesto fue lo suficientemente molesto como para superar el miedo que invadía a Alexander, que se sentó. Resultaba complicado distinguir a la persona sentada a los pies de la cama, pero tenía un halo de pelo rubio alrededor de la cara.

—Para, por favor —le pidió Alexander con calma—. Esa es mi maleta. Mi madre la preparó especialmente para mí. ¿Necesitas algo? —Se inclinó hacia delante, y la criaturilla rubia retrocedió con un bufido al mismo tiempo que se pegaba contra la pared.

Alexander alcanzó la maleta abierta y se sorprendió al agarrar con los dedos un viejo yoyó que su padre le había tallado. No había jugado con él en años. ¿Qué hacía en su maleta? Lo miró y recordó cuánto se esforzó para aprender a hacer trucos con él y la manera tan cuidada en que desenredaba la cuerda cada vez que no salían bien.

—Ten —dijo tendiéndoselo a la criatura. Ella alargó la manita, tenía las uñas tan negras como la oscuridad que los rodeaba, lo agarró y trepó por la pared.

Alexander se alegró de saber que no era más que un sueño, si no, habría gritado. Volvió a tenderse y cerró los ojos con ganas de tener otro sueño más placentero.

* * *

Theo no recordaba haberse levantado de la cama o salido de la habitación. Estaba en los fríos escalones de piedra persiguiendo a un destello de pelo rubio y a una sonrisilla que resonaba por las paredes.

—Estoy soñando —concluyó Theo. Estaba bastante segura, ya que estaba fuera de la habitación y esta tenía el pestillo echado, aunque puede que en su sueño ella supiera abrir cerraduras. Le encantaría, aunque le gustaría mucho más ser capaz de hacerlo en la vida real.

Siguió bajando las escaleras, todo parecía estar borroso y confuso. El cuadro de la pared había desaparecido. Ahora no había más que un hueco por el que entraban y salían trozos de oscuridad que aleteaban.

Theo pestañeó, tenía la sensación de que los pies se le movían solos. Cuando volvió a abrir los ojos, se encontraba en el umbral de la puerta que guiaba hacia la nada. Esa que estaba bloqueada. Esa de la que nadie tenía la llave para abrirla.

Esa que tenía abierta delante de sus narices.

—¿Quieres jugar a un juego? —le susurró una voz.

—Por supuesto —respondió Theo, ya que incluso en sus sueños más aterradores era competitiva, y quería ganar a ese juego.

La voz se había movido. Le hablaba justo en el oído lo que hizo que se le erizara la piel.

—¿Cuál es el nombre de mi sexto animal preferido en inglés?

Theo frunció el ceño.

—¿Cómo quieres que lo sepa si no me das ninguna pista? Me vuelvo a la cama. —Se giró y empezó a andar, lo siguiente que hizo fue abrir los ojos. Ya era de día.

La luz entraba por las ventanas de la habitación de las literas. Todo el mundo seguía arropado y estaba durmiendo. Quincy roncaba ligeramente mientras enroscaba una de sus cuerdas.

—Vaya sueño más tonto —murmuró Theo para sí. *¿El nombre de su sexto animal preferido en inglés?* Era el peor juego del mundo.

Se giró hacia un lado y se dio cuenta de dos cosas al mismo tiempo: uno, ella estaba en una cama distinta a la que se había acostado, y, dos, la puerta que antes estaba cerrada con llave, ahora estaba abierta de par en par.

CAPÍTULO

DIECISÉIS

—¿Preparamos el desayuno? —gritó Theo en cuanto Alexander salió del cuarto de baño ya arreglado para afrontar el día. Le dio la mano y lo sacó de la habitación de las literas.

Alexander seguía confuso sobre por qué cuando se despertó su maleta estaba abierta y fuera de su cama. La había inspeccionado, pero no le pareció que le faltara nada. A excepción, cómo no, del yoyó, cosa que estaba seguro de que no había estado dentro de su maleta en ningún momento. Después de todo, ¿por qué su madre, que siempre parecía saber lo que tenía que meter en una maleta casi mágicamente, habría metido un juguete con el que hacía años que no jugaba?

Alexander dejó que Theo lo arrastrara a la cocina. Preparó los platos del desayuno para todos. Aunque la palabra «desayuno» no fuera la más apropiada. Colocó un poco de crema de malvavisco en un cuenco en medio del plato, luego lo rodeó con unas cuantas galletas saladas y trozos de chocolate para mojar en la crema, después preparó chocolate con leche para todos los niños.

—¡Listo, malvaviscos con chocolate deconstruidos! Vamos a acabar con caries —dijo con tristeza.

—Esta noche nos lavamos dos veces los dientes —lo tranquilizó Theo con alegría y los alrededores de la boca llenos de migajas de galletas saladas y crema de malvavisco—. He vuelto a andar sonámbula —le contó.

—¿Cómo? —le preguntó Alexander mientras masticaba el bocado que había dado y que era bastante más pequeño que el de su hermana.

Theo se encogió de hombros.

—Tuve unos sueños raros. Nada grave. Venga, vamos al laberinto antes de que bajen y tengamos que deshacernos de ellos. —Se apresuró a salir de la cocina y Alexander la siguió con obediencia.

Dio por hecho que Theo le había pedido permiso a Quincy mientras él había estado en el baño. Al menos le había dejado tiempo suficiente para que pudiera preparar el desayuno.

—Oh —se lamentó mientras recorrían el pasillo—, no he preparado nada para los adultos.

—Ellos tienen el batido ese raro, ¿no?

Alexander asintió.

—Sí. Lleva un montón de polvos y mejunjes raros. Me parece horrible que se beban todas las comidas. ¿Tú no te cansarías?

—Hay muchos animales que solo beben y nunca comen —señaló Theo con el ceño fruncido. *Animales*—. ¿Cuál dirías que es tu sexto animal preferido?

—¿El sexto? —Alexander nunca había pensado en ordenarlos. Sin embargo, antes de que pudiera responder, llegaron al vestíbulo y, para sorpresa de ambos, se encontraron con algo. O más bien, con *alguien*.

Wil estaba en el mostrador principal con la mirada fija en una pantalla distinta a la habitual mientras tecleaba con furia en el antiguo teclado.

—Pero ¿por qué? —susurraba—. ¿Qué Sinister hizo la reserva?

—¿Wil? —la interrumpió Theo.

Wil se sobresaltó como si la hubieran sorprendido de lleno robando galletas de la lata, aunque la familia Sinister-Winterbottom ni siquiera tenía una, ya que las galletas nunca sobrevivían el tiempo suficiente como para no terminar en el estómago de alguien una vez que las sacaban de la bandeja del horno. Esto se debía a que sus padres eran buenas personas que entendían que las galletas debían prepararse con pepitas de chocolate, nunca con pasas.

Nunca. Con. Pasas.

—Ah, hola, tontos —los saludó Wil forzando un tono de voz casual y calmado—. ¿A dónde vais tan temprano? —Sin embargo, nada más formular la pregunta, volvió a agarrar a Rodrigo.

—A enterrar un cuerpo —contestó Theo.

—Pero no pasa nada, porque no es humano —añadió Alexander.

—Es de un extraterrestre —continuó Theo—, pero no pasa nada, porque no es un cadáver.

—No, sigue con vida, lo que hace que enterrarlo sea más complicado.

—Pues qué bien. Divertíos —respondió Wil mientras se alejaba de ellos.

—¿Qué crees que estaba haciendo? —le preguntó Alexander a Theo.

—Quizá solo buscaba una red wifi mejor. O puede que estuviera buscando la reserva para ver lo que cuesta o algo de adultos maduros y responsables del estilo. O puede que estuviera hackeando el sistema para echarlo abajo y hundir el *spa*. Quién sabe.

—Cuando volvamos le preguntamos. —Alexander había dicho de vigilarla, pero estaban muy ocupados.

Abrieron la enorme puerta de latón y una corriente de humedad les dio la bienvenida. Era como si estuvieran delante de un gigante que les estuviera respirando en la cara. El cielo de la mañana estaba encapotado. Anunciaba lluvia del mismo modo que el olor de las hojas de remolacha cuando te acercas a la cocina para ver lo que hay para cenar. Todavía no ha llegado, pero sabes que es una realidad de la que no vas a poder escapar.

Alexander siguió los pesados pasos de Theo para llegar a la parte trasera del hotel. Se quedaron inmóviles. Todos los padres estaban sentados bajo unas sombrillas de color negro, con los pies metidos en la piscina, un batido en mano, unas gafas de sol puestas y unos auriculares puestos.

—No nos hagan caso —les dijo Theo, pero ninguno se inmutó.

—Es como si estuvieran... ¿hipnotizados? —aventuró Alexander. De verdad de la buena que él no comprendía los *spas*.

—Vamos, antes de que empiece a llover. —Theo corrió hacia la entrada del laberinto, pero empezaron a caer las primeras gotas de lluvia—. Deberíamos volver, ¿no crees? —Miró a las nubes realmente ofendida porque hubieran elegido *este* preciso instante para empezar a descargarse. Siempre pasaba lo mismo. Las nubes habían tenido toda la noche para llover, pero no. Esperaron hasta que ella quiso pasar tiempo fuera. Sucedía lo mismo cuando tenían examen de lengua en el colegio y no llovía hasta que llegaba el recreo. Si Theo hubiera podido darles un puñetazo a las nubes, lo habría hecho, bastante a menudo.

Alexander no quería mojarse, pero tampoco quería volver a pasar junto a los terroríficos y desconectados padres. Además, ya se habían mojado.

—No, acabemos con esto.

—De acuerdo —concordó Theo, que inició el cronómetro feliz de que aunque fuera viejo y extraño, fuera resistente al agua. Le encantaba ese cronómetro. Incluso tenía sus iniciales grabadas en la parte de abajo, como si siempre le hubiera pertenecido.

Se adentraron en el laberinto. Esta vez no encontraron ningunas huellas. Theo se arrepintió de no haber encontrado ninguna ventana elevada en el caspallo desde la que estudiar el laberinto desde arriba. Para cuando consiguieron llegar a la otra entrada del laberinto habían pasado treinta y dos minutos exactos y la lluvia empezaba a apretar.

Theo vio la entrada del bosque al laberinto cuando ya estaba trazando en su mente el camino de vuelta.

—No me extraña que Quincy no quiera que nos metamos en el laberinto. ¿Te imaginas lo que habría sido quedarse atrapado aquí con los dos bebés pegajosos? O peor, ¿con el nada pegajoso Ren?

—No quisiera —la corrigió Alexander.

—¿Qué?

—*No quisiera* que nos metamos en el laberinto. En pasado. Has dicho que no quiere, en presente, como si Quincy siguiera sin querer que lo hiciéramos, es decir, como si no te hubiera dado permiso. Porque te ha dado permiso, ¿verdad?

Theo hizo una mueca.

—Bueno… verás, ¡es una tontería! Tiene nuestra edad. Ni que fuera nuestra canguro.

—¡Theo! —la regañó Alexander—. Dijiste que ibas a pedirle permiso.

—No, estuve de acuerdo con que *debíamos* pedirle permiso —replicó Theo arrugando la nariz al sentirse culpable. Sin embargo, como era un sentimiento con el que no se sentía cómoda, las abejas se despertaron y se agitaron con rabia—. Además, forma parte del *spa* y nosotros somos clientes del *spa*, ¿así que a quién le importa?

Alexander se cruzó de brazos.

—Sabes que a mí me importa.

—Venga ya, Alexander.

—Deberíamos volver.

—Pues vuelve tú. Yo voy a ver lo de la puerta. —Theo siguió el camino, estaba arrepentida, malhumorada y empapada, cosa que era muy mala combinación. Los pies le chapoteaban en el barro, que ya tenía una textura pastosa similar a la de un pudin pasado de cocción, y los zapatos se le hundían más a cada paso que daba y amenazaban con no salir de ahí.

Alexander, que no quería quedarse solo y que sabía que necesitaba a Theo para salir del laberinto, se vio obligado a seguirla. Todo era un espanto. De alguna manera, la lluvia no hacía más que mojarle más y más el pelo. La lluvia era húmeda y caliente, el aire era húmedo y caliente, todo era húmedo y caliente e incómodo.

Theo y Alexander caminaban en silencio, enfadados, ambos estaban molestos porque el otro estuviera molesto porque el otro estuviera molesto cuando en realidad, para cada uno de ellos, *ellos* eran el único que podía estar molesto con el otro.

Llegaron a las rocas que se encontraban sobre el barranco. Theo se acercó a la puerta de la roca y tiró de ella, pero no se movió.

—Está cerrada —gruñó—, y no podría forzarla ni aun sabiendo cómo hacerlo. Funciona con un código.

Alexander miró el teclado numérico con el ceño fruncido. Normalmente respetaba las puertas cerradas, pero un teclado numérico requería un código, algo similar a un acertijo, algo similar a una prueba de una búsqueda del tesoro. Y el teclado numérico también era, indiscutiblemente, plano y rectangular. Así que quizás desbloquearlo formara parte del juego.

Había leído las suficientes novelas de misterio como para saber que no bastaría con intentar números al azar y esperar a tener suerte. No obstante, si reunía la información suficiente, podría averiguar qué números usaría el Spa Sanguíneo como código.

Sin embargo, Theo estaba dispuesta a probar combinaciones azarosas de números y esperar a tener suerte. Empezó a introducir números.

—¡¿QUÉ ESTÁIS HACIENDO?! —exclamó Mina. Alexander y Theo miraron a su alrededor para ver a qué le estaba gritando Mina. Entonces se dieron cuenta de que Mina les estaba gritando… a ellos.

CAPÍTULO

DIECISIETE

—Solo estábamos mirando —contestó Theo a la defensiva. Le costaba creer que justo en ese momento Mina les estuviera gritando a ellos.

—Nadie debería estar aquí fuera. —Mina miró por encima del hombro y observó el camino que había tras ellos como si esperara que alguien o algo apareciera. Alexander miró también en esa dirección, tenso y receloso. Lo mismo el Conde estaba de camino. Lo mismo el hombre del retrato estaba de camino. Lo mismo las babosas estaban de camino.

Sin embargo, el camino permaneció desierto. Mina soltó un suspiro de alivio, luego movió la cabeza y el pelo, húmedo, se le pegó en los hombros.

—Lo siento. No debería haber gritado, pero no le contéis nada a nadie sobre este sitio, ¿vale? *A nadie* —repitió enfatizando la última palabra.

—¿Por qué? —cuestionó Theo. A Theo se le daba mejor seguir normas que instrucciones, pero no de manera arbitraria. Le gustaba la palabra «arbitraria». Era puntiaguda y complicada, una palabra hiriente que pretendía querer decir algo a pesar de no ser relevante. Si Theo iba a seguir una norma, debía haber un motivo. Ella no creía en la obediencia arbitraria.

Alexander, sí. Ya se sentía mal antes por haber entrado al laberinto cuando no debían haberlo hecho, pero en ese momento se sentía fatal por estar en un sitio donde no debían estar, aún peor por enfadar a Mina e incluso peor todavía porque le hubiera gritado alguien que le gustaba. Eso *nunca* le había pasado. Arrastró un zapato por el barro sin apartar la vista del suelo, estaba enfadado, avergonzado y triste. Era culpa de Theo.

—A ver, no podéis estar aquí porque… no es seguro —respondió Mina tras una pausa—. Ahí hay un barranco.

—Ah, sí, ya lo sabemos —replicó Theo al mismo tiempo que hacía un gesto para quitarle importancia—. Wil casi se despeña por ahí antes.

—¿Perdona? —reaccionó Mina completamente horrorizada.

—Sí, a veces se distrae, pero solemos estar pendientes de ella.

Mina sonrió.

—Seguro que sí. Tiene suerte de teneros. Todos necesitamos a un hermano que esté pendiente de nosotros.

—¿Tú lo estabas de Lucy? —le preguntó Theo.

Alexander abrió los ojos y trató de gritarle a Theo por telepatía un CÁLLATE, pero nunca habían sido ese tipo de mellizos que estaban físicamente conectados.

—Sí —contestó Mina. Su mirada volvió a agrandarse y a entristecerse—. Es el trabajo más importante que he tenido. Y el más complicado. Y el más peligroso.

—¿Peligroso? —inquirió Alexander tragando con dificultad—. ¿Qué... qué le pasó?

—No importa. Ya no está. Y eso es lo importante —replicó con un tono de voz mucho más serio y cortante—. Lucy ya no está. ¿Lo entendéis?

Ambos asintieron. Alexander no sabía si eso simplemente significaba que Lucy ya no estaba en el *spa* o si Lucy ya no estaba en el planeta Tierra, pero no quería preguntar y correr el riesgo de enfadar a Mina más de lo que ya lo habían hecho.

—Bueno, venga, volvamos al *spa*. —Mina rodeó con los brazos los hombros de los mellizos y les dio la vuelta para guiarlos por el laberinto—. Y, por favor, no le digáis nada de esa puerta a nadie. No nos gustaría que otros niños vinieran y se perdieran. No es seguro estar fuera del *spa*. Así que este será nuestro secreto, ¿vale?

Alexander y Theo se miraron. Se les estaban acumulando muchos secretos, pero muy pocas respuestas y ¿por qué aquí todo era tan inseguro?

—De acuerdo —contestó Alexander antes de que Theo pudiera preguntar el por qué o rebatirlo. Seguía enfadado con ella, y si Mina necesitaba que esto fuera un secreto, un secreto sería.

Mina los condujo fuera del laberinto. Tardó exactamente siete minutos, Theo lo cronometró, lo que significaba que Mina debía haberlo hecho muchas, pero que muchas veces. No se equivocó ni una vez con el camino de vuelta. Una vez dentro del caspallo, Mina los mandó a encontrar al resto de los niños y luego desapareció por el *spa*. Tenía muchas cosas que hacer y ya se había retrasado.

Cosa que hizo que Alexander se sintiera incluso peor, pero que hizo que Theo elucubrara. Si Mina tenía tantas cosas que hacer, ¿por qué estaba merodeando en el bosque *justo* cuando ellos habían ido? Era como si les hubiera seguido. Lo que significaba que los había visto salir. Lo que significaba que los estaban vigilando.

—Mmm —murmuró Theo.

—¿Qué? —le preguntó Alexander, que seguía enfadado. Le encantaban las normas. Le encantaba aferrarse a ellas como si fueran un buen edredón, cómodo y protector, que lo mantenía a salvo de meterse en líos. Theo era como un agujero que descosía ese edredón.

—Nada —respondió Theo—. O puede que algo, pero nada por ahora. Puede que luego sea algo. Venga, vamos a la habitación de Wil a por toallas. —Ahora que estaban dentro de la fría piedra del interior del caspallo, hacía frío como para estar tan mojados. La habitación de Wil estaba más cerca que la habitación de las literas, así podían ver qué tal estaba.

Todavía no habían estado en la habitación de Wil. Tuvieron que recorrer un par de pasillos y subir unas cuantas escaleras, pero, finalmente, encontraron la Suite Harker. Por primera vez en ese confuso caspallo, la puerta que buscaban estaba abierta cuando querían que lo estuviera. Entraron.

—Wil —la llamó Theo—. Somos nosotros, un par de ladrones. Hemos venido a llevarnos tus zapatos, pero solo los del pie izquierdo, porque somos unos ladrones malvados cuyo propósito en la vida es ser realmente odiosos. —Theo miró a Alexander con la esperanza de que se uniera a su tontería, pero él estaba con los brazos cruzados, en silencio y aún enfadado con ella.

Daba lo mismo. Theo estaba haciendo el tonto para nadie. La habitación estaba vacía y no había ni rastro de Wil. Había un sofá con patas en forma de garras, un escritorio con patas en forma de garra y una gran cama con dosel, rematada con cortinas diáfanas, además de, cómo no, patas de garra. Todas las patas tenían, a su vez, garras de verdad, afiladas y de aspecto malvado. Los cuatro postes del dosel de la cama estaban tallados para que se elevaran de manera curva, como si imitaran a la fuente del vestíbulo. Era como si te fueras a acostar en las garras de una criatura gigantesca. Cada una de las tallas de madera del caspallo tenía ojos, dientes o garras.

—Qué... interesante —comentó Theo al mismo tiempo que tocaba una de las cortinas de la cama.

Un golpe los hizo sobresaltar cuando una de las hojas de una de las ventanas se abrió de sopetón. Alexander se apresuró a cerrarla antes de que el agua entrase, pero mientras trataba de cerrar la ventana, algo se movió en el marco de la ventana. Miró hacia arriba, justo a los ojos negros, pequeños y brillantes de la criaturilla marrón del cuadro.

CAPÍTULO

DIECIOCHO

—¡La criatura del cuadro está aquí! —exclamó Alexander al mismo tiempo que señalaba a la cosa difusa y marrón que colgaba de la parte superior del marco de la ventana. La cosa difusa y marrón se limitó a parpadear de manera rápida y borrosa.

Theo fue corriendo al lado de Alexander. A Theo le interesaban muchas cosas, entre ellas la geometría, la historia, los récords mundiales, las marcas de chicle de distinta calidad, la fricción acuática y cronometrarla, saber cuánto helado podía comerse de una sentada antes de que se le congelaran hasta las ideas y los churros. Y ahora se habían añadido a la lista cómo abrir cerraduras y hacer trucos con el lazo. Sin embargo, también le encantaban los animales, y por eso, al contrario que Alexander, sabía perfectamente lo que estaba mirando.

Parecía un burrito difuso y marrón bien envuelto con cabeza, orejas, ojos saltones y una extraña nariz aplastada. Y, si las desplegara, alas palmeadas. Y, si abriera la boca, un par de colmillitos afilados.

—Eso —explicó mientras se acercaba lentamente a la ventana y la cerraba en condiciones para que los paneles de cristal con forma de diamante los separaran de la criatura que definitivamente no formaba parte de ningún cuadro viviente—, es un murciélago. De hecho, creo que es un... murciélago vampiro.

—¿Cómo que un murciélago *vampiro*? —repitió Alexander—. ¿Me estás diciendo que es un murciélago que se alimenta de sangre? ¿Que bebe sangre? Como un...

—Vampiro —asintió Theo.

Alexander nunca le había estado tan agradecido a una ventana y a un cristal en su vida. Aun así, retrocedió unos cuantos pasos por si las moscas.

—¿A ti también te parece extraño —empezó Alexander, que, aunque no sabía tanto como Theo sobre animales, sí había leído muchos más libros de criaturas sobrenaturales que ella— que estemos en un *spa* dirigido por un hombre llamado Conde, que se separe a los adultos de los niños, que esté construido con forma de castillo y que haya, literalmente, murciélagos vampiro rondando por ahí? —terminó mientras hacía gestos hacia el marco de la ventana.

—Todo lo de aquí me parece extraño —admitió Theo encogiéndose de hombros, pero estaba de acuerdo con él. Algo estaba pasando en el Spa Sanguíneo, *además* de la relajación.

—¿No nos dijo que estaba... drenando a los padres? —preguntó Alexander mientras recordaba los viales de líquido rojo que estaban junto a los cuerpos inmóviles de los adultos. Antes los viales le habían resultado confusos, pero, ahora, eran aterradores.

—No saquemos conclusiones precipitadas. —A Theo le encantaba precipitarse, de la cama, por un puente, a la piscina, etcétera, pero ahora estaba asustada y no le apetecía. No quería estar asustada, así que no iba a estarlo—. Esto es lo que vamos a hacer —decidió, ya que manejaba mejor a las abejas de su interior cuando tenía un plan al que ceñirse—: Vamos a buscar a Quincy. Ella trabaja aquí y seguro que sabe más que nosotros.

Alexander se cruzó de brazos con firmeza. Seguía enfadado con Theo.

—No pensabas que Quincy fuera lo suficientemente mayor como para pedirle permiso, ¿pero ahora sí que lo es para prevenirnos sobre los vampiros?

Theo levantó los brazos al aire.

—¡Ya te he pedido perdón!

—Eso no es cierto.

—Bueno, pues lo sentía. O algo por el estilo. —Salió corriendo al pasillo y bajó las escaleras, pero estaba tan enfadada con Alexander por enfadarse con ella, que se equivocó de camino sin querer. Cosa que hizo que se enfadara todavía más porque nunca se equivocaba de camino. Acabaron en el largo pasillo del cuadro cambiante. Theo lo recorrió a zancadas con Alexander pegado a sus talones.

Él también estaba enfadado con ella y asustado, pero el miedo ganaba la partida. No quería quedarse solo en un caspallo repleto de murciélagos vampiro. Cuando Theo se detuvo de golpe, Alexander se chocó con ella.

—Mira —le dijo ella.

El cuadro había vuelto a cambiar. En este, Mina y su hermana, Lucy, eran más pequeñas y tras ellas había dos personas que Alexander dio por hecho que eran sus padres. Algo que le resultó perturbador, ya que eran las personas aterradoras de los otros cuadros: la mujer que sujetaba al murciélago que salió del cuadro para pasearse fuera de la habitación de Wil y el hombre de la nariz rota en varias ocasiones y el bastón. Sin embargo, en este cuadro no daba la impresión de que estuvieran ocultando un secreto. Parecían… felices. Tenían las manos sobre los hombros de Mina y Lucy, pero no como si las estuvieran reteniendo, sino como si estuvieran orgullosos de sus hijas.

De hecho, todas las personas del cuadro parecían felices. Esto hizo que Alexander se diera cuenta de que la sonrisa dulce y permanente de Mina también era una sonrisa triste y permanente.

—Fíjate en el fondo —señaló Theo.

Alexander se había centrado tanto en las caras que no había observado nada más de lo que sucedía en el cuadro.

—¿Están dentro de una cueva? —preguntó.

A lo largo de la parte alta del cuadro colgaban estalactitas, no muy diferentes a las que había en Frío Mar Desconocido en Diversión a Caudales. Solo que a diferencia de las que había en Frío Mar Desconocido, estas no goteaban agua. Si acaso, eran borrosas. Como si en el caso de que Alexander hiciera mucho ruido, docenas de pequeños vampiros voladores difusos y marrones fueran a salir aleteando del cuadro.

Alexander retrocedió hasta que golpeó con las piernas el banco.

—De verdad que odio este pasillo.

—Además, ¿es cosa mía o aquí hace más frío incluso que en el resto del caspallo? —añadió Theo frotándose los brazos—. Por otro lado, esto me recuerda al sueño que tuve anoche sobre Lucy. Cuando estaba sonámbula.

—Espera, ¿anoche soñaste con Lucy? —Alexander se sentó en el banco, con miedo a apartar la mirada del cuadro no fuera a ser que cambiara de nuevo—. Creo que yo también.

—¿Tú qué soñaste?

—Que estaba rebuscando en mi maleta. Le regalé mi viejo yoyó y ella escaló pared arriba. ¿Y tú?

—La seguí hasta este pasillo, pero no había ningún cuadro, sino un agujero en la pared con un montón de murciélagos saliendo de él. Luego intentó hacer que atravesara la puerta cerrada de abajo, pero, en vez de hacerlo, me volví a la cama.

—¿Por qué habremos soñado ambos con una niña a la que solo hemos visto en un cuadro? —preguntó Alexander.

—Esta mañana la puerta de la habitación de las literas estaba abierta y no ha podido ser cosa de Quincy, porque seguía dormida.

—Mi maleta estaba fuera de mi cama y abierta. Yo sé que no la habría dejado abierta. —Alexander nunca dejaba sus cosas fuera de sitio. Su cuarto siempre estaba ordenado.

—¿Crees...? ¿Y si...?

—¿Qué estáis haciendo vosotros aquí?

Theo y Alexander se dieron la vuelta para encontrarse con el Conde, que se cernía sobre ellos desde la entrada del pasillo.

—¡Estamos buscando! —chilló Alexander incapaz de evitar mirar fijamente los rojísimos labios del Conde.

—¿Y qué esperáis encontrar en un pasillo? —Los rojísimos labios del Conde se tensaron más aún.

—¿Qué esperamos encontrar *en cualquier sitio*? —preguntó Alexander desesperado. Estaba asustado y frustrado, esta estaba siendo la peor búsqueda del tesoro del mundo, pero, por primera vez, se alegraba de que sus padres no estuvieran allí. Si estuvieran, estarían en el *spa*, y él no quería a

145

ninguno de sus seres queridos cerca de ese lugar—. ¿Qué estamos buscando?

—Eso —gruñó Theo—, que esto ya ha dejado de ser divertido.

El Conde movió las cejas, y parecía... preocupado.

—¿Pensáis que estáis aquí para *divertiros*? Ojalá fuera algo tan simple. —Miró pasillo abajo mientras se subía aún más el cuello de la chaqueta de líneas de su traje—. Todo depende de encontrar lo que estaba perdido.

—Es lo mismo que nos dijo la tía Saffronia —le siseó Alexander a Theo al mismo tiempo que le golpeaba con el codo—. Quería que prestáramos atención.

—Pero... —empezó Theo, que no pudo terminar porque el Conde la interrumpió al levantar una de las manos de dedos infinitos coronados con uñas demasiado largas como para resultar cómodas que le caracterizaban.

—¿Oís eso? —Elevó la mirada hacia el techo y entrecerró los ojos. Luego salió corriendo y los volvió a dejar solos.

—Qué raro —murmuró Alexander.

—¿El qué de todo? —preguntó Theo señalando a todas partes.

Alexander seguía enfadado con Theo, pero estaba más asustado y preocupado que enfadado. Quería irse de inmediato, pero ¿cómo podían hacerlo? No siquiera eran capaces de encontrar a Wil y la tía Saffronia hacía mucho que se había ido.

—Entre el murciélago, el *spa* y los sueños con Lucy, todo este lugar es raro, pero un raro de los *preocupantes*.

—Estoy de acuerdo. —Theo se cruzó de brazos y observó el cuadro nuevo—. Vamos a averiguar qué está sucediendo realmente en el Spa Sanguíneo. Vayamos por partes —dijo tomando la iniciativa—, primero deberíamos...

—Aquí estáis —dijo una animada voz arrastrando las palabras. Quincy los capturó con el lazo—. El Conde me ha dicho que estabais aquí. Os habéis perdido la meditación activa.

—Oh, no. No sabes lo que me fastidia eso —mintió Theo. La meditación, tal y como Theo la entendía, consistía en sentarse o tumbarse completamente derechos y en silencio mientras eras muy consciente de tus pensamientos en vez de dejar que revolotearan como un enjambre de abejas. La meditación se usaba para muchas otras cosas, pero eso era lo que había estado trabajando con su madre antes de las vacaciones de verano.

Así que era, básicamente, lo contrario a estar activo, de manera que desconocía en lo que consistía la meditación activa, pero tampoco le importaba. Tenía misterios que resolver y Alexander seguía enfadado con ella, por tanto tenía que distraerlo hasta que se le olvidara.

—Bueno, al menos os he encontrado antes de ir a la sauna. Daos prisa, que os están esperando. —Quincy hizo un movimiento rápido de impaciencia con el lazo y Alexander aceleró para recorrer el pasillo por miedo a que lo engancharan literalmente para participar.

Theo lo siguió mientras ojeaba, celosa, el lazo.

—¿Por qué las actividades son obligatorias? —preguntó—. ¿Por qué los niños no pueden ir con sus padres? —Ella quería investigar el *spa* de los adultos.

—Es la única manera de salvaguardar… —Quincy se detuvo y la preocupación transformó momentáneamente su amigable gesto facial por uno no tan amigable, pero luego sonrió incluso más que antes—. Bueno, el *spa*. Hace que la experiencia sea más parecida a la de un *spa*. Hace que todo el mundo esté muy ocupado y feliz.

—¿Acaso antes el *spa* no iba bien? —preguntó Alexander.

—Era peligroso.

—*¿Peligroso?*

—Me refiero a que estaba en peligro. De cierre. Ya hemos llegado. —Quincy desató el lazo y lo enganchó al pomo de la puerta. Los guio por otro pasillo, en el que nunca habían estado, que era como una especie de vestuario. Estaba repleto de bancos de manera así como de taquillas para que dejaran las cosas—. Tomad vuestras sales exfoliantes. Están en ese cesto. Las usaremos antes de entrar en la sauna. —Quincy estaba distraída tratando de rescatar a los dos bebés pegajosos de la taquilla en la que ambos habían conseguido meterse. Eris se acercó a ella y le susurró algo en el oído. Quincy la escuchó y movió la cabeza—. No —le dijo—. Seguid intentándolo.

—¿El qué? —intervino Ren—. ¿Qué estáis susurrando?

—Necesitamos un plan —le comentó Theo a Alexander acercándose a él mientras caminaban hacia el cesto.

—No —le contestó Alexander—. No quiero.

—Te estás comportando como un... —empezó Theo, pero Alexander la interrumpió al tiempo que sujetaba un bote de sal.

Sal de *ajo*.

—¿Por qué querrán que nos exfoliemos con sal de ajo?

—¿Por qué querrán que nos exfoliemos? ¿Qué narices es eso?

—No —replicó Alexander que tenía el ceño fruncido de frustración—. Theo, piensa. Vimos un murciélago vampiro. Hay un cuadro que no deja de cambiar. No nos dejan salir por la noche porque no es *seguro*. El hombre que está a cargo del *spa* es el Conde. Ambos tenemos sueños aterradores con

148

la misma niña pequeña y ahora tenemos que refregarnos con ajo, cosa que todo el mundo sabe que se usa para mantenerse a salvo de…

—Vampiros —susurró Theo—. Alexander, ¿estamos…? ¿Esto es…? ¿Nos estamos alojando en un *hotel para vampiros?*

CAPÍTULO

DIECINUEVE

Normalmente, una sauna es una habitación en la que hace mucho calor porque alguien decidió que sentarse y sudar es una buena manera de relajarse. Como es evidente, se equivocaba. Sudar mientras juegas y te diviertes está bien. Estar sentado también puede estar bien si estás viendo una película, forzando una cerradura o leyendo. Sin embargo, quedarse sentado sin hacer nada y sudar es una combinación que nunca jamás debería producirse.

Por suerte para los niños, las saunas no son seguras para ellos, así que Quincy ni siquiera la encendió. Lo que se tradujo en que todos estuvieron sentados sobre una caja de madera dentro de una habitación durante treinta minutos. Una vez transcurrido ese tiempo, ni siquiera Quincy era capaz de fingir que se estaba divirtiendo.

—Vamos a jugar al escondite —propuso y les dejó salir de la tibia sauna. Sonrió mientras retorcía su cuerda—. Y si os encuentro, os *atrapo*.

—¿Cuáles son las normas? —preguntó Alexander, que no estaba dispuesto a saltarse ninguna otra.

—Tenéis que quedaros dentro —estableció Quincy—. No podéis entrar en las habitaciones de los huéspedes. Una vez hayáis elegido un escondite, tenéis que quedaros allí, así que no vale escabullirse ni cambiar de lugar una vez yo haya revisado un área.

Theo sabía de sobra a dónde iba a ir. Era la oportunidad perfecta para colarse en el *spa* de los adultos y espiarlos.

—¿Se puede ir al *spa* de los adultos? —preguntó Alexander al mismo tiempo que miraba a Theo con una ceja levantada, ya que sabía lo que estaba pensando y seguía enfadado con ella.

—Eso está fuera de los límites permitidos —afirmó Quincy.

Theo le sacó la lengua a Alexander. Él la ignoró. Ella lo siguió mientras los niños se dispersaron para encontrar buenos escondites. Bueno, la gran mayoría se dispersó. Ren los seguía de cerca, de puntillas, ya que a su parecer era una manera sigilosa de hacerlo.

Theo se detuvo y se giró para mirarlo fijamente.

—Encuentra tú solo tu escondite —le espetó.

—Eso tú —le respondió de vuelta.

—Estoy en ello.

—Y yo también.

—No, tú nos estás siguiendo.

Ren la fulminó con la mirada. Luego, cambio el gesto de la cara por uno que demostraba astucia.

—¿Estáis… buscando algo?

Se suponía que no podían contarle nada a nadie sobre la búsqueda del tesoro. Eso fue lo que Quincy les dijo.

—Eh, sí —replicó Theo—. Un lugar donde escondernos, claro.

Ren dio un golpe en el suelo con el pie y luego salió corriendo.

—Pienso encontrarlo antes que vosotros.

—Uff —suspiró Theo y agarró el brazo de Alexander para hacer que fuera más lento—. ¿Por qué te has asegurado de que no pudiera entrar en el *spa*? ¿No quieres saber lo que pasa allí? —le inquirió.

—Por supuesto que quiero, pero no me quiero meter en líos al hacerlo.

—Pues en Diversión a Caudales bien que no te importó meterte en líos. Te escapaste de la habitación que usaban como celda y engañaste a antiEdgar y a la señora Widow falsa y...

—Ellos eran malos —replicó Alexander con el ceño fruncido—. Además, no cuenta como saltarse las normas si, desde primera hora, las personas que las establecen no son los encargados de hacerlo y el único motivo por el que pueden hacerlo es porque han encerrado a la verdadera encargada en una torre. Aquí no hay ningún malo, Theo.

Theo frunció el ceño.

—No me gusta el Conde.

—Ya, pero que no te guste alguien no hace que esa persona sea mala. Tampoco te gusta Ren, y no es que sea malo, sino irritante.

—Muy irritante —gruño Theo—, pero ¿qué pasa si las normas nos están impidiendo descubrir algo importante? ¿Y si lo que les pasó a los padres de Mina guardaba relación con los vampiros? ¿Y si está en peligro? ¿Y si *todos* lo estamos?

Alexander no tenía las respuestas a esas preguntas.

—Vamos a limitarnos a escondernos —dijo. Iba en dirección a la cocina y Theo lo siguió. Aunque a Theo se le daba de maravilla esconder comida (todo buen cereal desaparecía de la despensa y nunca más se sabía de él; y cualquier

153

resto de pizza resultaba inexplicablemente imposible de encontrar en la nevera hasta que Theo salía de la cocina comiéndose un trozo perfectamente frío y conservado), eso no significaba que se le diera bien esconderse a sí misma. A Alexander, por otro lado, se le daba muy bien conseguir pasar desapercibido para la gente cuando quería.

—Vamos a escondernos aquí dentro —le informó mientras se subía al mostrador y tocaba con la mano uno de los armarios.

—¿Estás seguro de que subirse a los mostradores no rompe ninguna norma? —gruñó Theo.

Alexander se giró para mirarla. Cosa que estaba haciendo cuando escucharon una voz alta, inquietante y risueña tras la puerta del armario que les decía: «¿Lo habéis descubierto ya?».

CAPÍTULO

VEINTE

Alexander se despegó rápido del armario encantado, pero se olvidó de que estaba subido encima de un mostrador. Por suerte para él, Theo tenía buenos reflejos y, aunque estuvieran peleados, no iba a dejar que su hermano se cayera. Lo atrapó y lo dejó en el suelo, luego saltó al mostrador y abrió de golpe el armario.

Estaba vacío a excepción de un bote de cerezas al marrasquino, que ya no tenía ni gota del brillante líquido rojo, de manera que solo quedaban un montón de cerezas apiladas en el fondo del tarro.

—La has escuchado —afirmó Theo.

—Sí —confirmó Alexander. Respiró profundo y tembloroso—. Gracias por agarrarme —le agradeció con suavidad.

Theo se dio la vuelta, se sentó en el mostrador, golpeó con las piernas los armarios inferiores y se encogió de hombros.

—Siempre lo haré.

—Lo sé. —Alexander se sentó en el mostrador, a su lado, en una postura que le permitía vigilar el armario, que seguía abierto, y asegurarse de que nada, ni nadie, saliera de él—. Lo siento por haberme enfadado tanto.

—Lo siento por haber hecho que te saltes una norma. No era mi intención, de verdad. Es que no lo pensé.

—Lo sé.

—Y yo sé lo importante que es para ti seguir las normas siempre que puedes. Intentaré ser más respetuosa en el futuro.

—Gracias. —Alexander sabía que a Theo le costaba disculparse, y no solo se había disculpado, sino que había especificado lo que había hecho mal, por qué Alexander se había molestado y lo que iba a hacer para asegurarse de que no volviera a suceder. Estaba orgulloso de ella.

—¿Y ahora qué? —le preguntó Theo—. Porque yo quiero... Me gustaría que me ayudaras a planear algo para encontrar respuestas.

—A mí también —admitió Alexander—, pero antes de nada, tenemos que asegurarnos de que Wil está bien. Si esto *es* un hotel para vampiros, tenemos que mantenerla alejada del *spa*.

Theo asintió. Se dirigieron a la habitación de Wil. Llegaron al final de las escaleras de caracol cuando dos manos pálidas salieron de la oscuridad, los agarraron y los metieron en un armario.

—Pero qué... —empezó Theo a decir con los puños en alto, pero luego vio que se trataba de Mina.

—Ah, hola, chicos —los saludó Mina, que tenía los ojos muy abiertos y daban la impresión de casi brillar en la oscuridad del armario—. ¿Qué hacíais en la cocina?

—Nos estábamos escondiendo —le informó Alexander.

—¿De quién? —se interesó—. ¿Va todo bien?

—Sí, tranquila. Es un juego. Este al menos es mejor que la búsqueda del tesoro —la tranquilizó Theo. Alexander la golpeó con fuerza con el codo. ¡Se suponía que no debían mencionarle la búsqueda del tesoro a Mina!

—¿Una búsqueda del tesoro? —preguntó Mina subiendo el tono de voz—. ¿Qué estáis buscando? ¿Por eso estabais en el bosque? ¿Quién os ha pedido que busquéis algo? ¿El Conde?

—¿Exactamente de qué es conde el Conde? —intervino Alexander tratando de cambiar de tema—. No creo que haya condados en el país.

—Es un apodo. Era el contable de mis padres.

—¡Ah, el Conde! —se rio Alexander—. Porque es el que se encargaba de las *condenadas* cuentas y de contarlo todo, ¿no?

Mina asintió.

—Trabajó para mis padres durante muchos años. Por eso le dejaron todo a él.

Theo levantó una ceja.

—Pues ya tuvo que ser buen contable.

—Supongo. Ahora, decidme: ¿qué os ha pedido que busquéis?

—No lo sabemos —le respondió Alexander, porque esa era la verdad.

Mina suspiró.

—Escuchad. Esto es *importante*. No busquéis nada, ¿vale?

—¿Por qué no? —replicó Alexander.

—Porque… —Mina buscó en el aire la respuesta, eso que hacen los adultos cuando mienten, y Theo apretó los puños—. Porque estáis de vacaciones. Solo tenéis que divertiros.

No tenéis que preocuparos por nada y no tenéis que buscar nada. —Mina los echó del armario—. Lo siento, no puedo pasar más tiempo con vosotros, pero SABÉIS QUE OS ESTOY VIGILANDO.

Alexander y Theo se encogieron de miedo. Antes de que Alexander pudiera prometerle que no volverían a ir a la puerta del bosque, Mina movió el dedo en dirección al techo que había sobre ellos.

—¿Nos estás vigilando? —le preguntó Theo.

—Eh, ah. Estoy pendiente. Para cuidaros. Para que os lo paséis bien. Me vuelvo al trabajo —respondió y se fue deprisa pasillo abajo.

—¿Por qué no quiere que busquemos? —preguntó Alexander.

—Nos ha mentido —soltó Theo enfadada—. Sea lo que sea que el Conde y Quincy quieren que busquemos, Mina no quiere que lo encontremos.

—¿Estás segura de que nos ha mentido? —La voz de Alexander era suave y triste. Porque él casi nunca mentía y no se le daba bien diferenciar cuando alguien lo hacía, ya que siempre asumía que la gente era sincera.

—Sí, estoy segura —aseguró Theo, que le dio la mano—. Lo siento.

—Entonces, ¿a quién le hacemos caso? ¿Al Conde o a Mina?

—Mina me cae bien, pero… —La voz de Theo se fue apagando.

—Pero nos acaba de mentir.

—Exacto. Y el Conde no me cae bien, pero…

—Pero Quincy trabaja para él y nos cae bien. Además, al Conde parece preocuparle nuestra seguridad, así que ¿en quién confiamos? —preguntó Alexander desconcertado.

—En nosotros mismos —concluyó Theo con seguridad—. Si no podemos confiar en que ninguno esté diciendo la verdad, entonces seremos nosotros quienes demos con ella. —Golpeó a Alexander con el hombro y él a ella. Él quería darle la mano, solían darse las manos de manera inconsciente cuando tenían miedo, pero sospechaba que Theo ahora mismo no estaba asustada.

—Así que tenemos que asegurarnos de que Wil está a salvo, y ya luego descubriremos la manera de llegar hasta la puerta del bosque —dijo Alexander, que ahora estaba seguro de que era lo que tenían que encontrar—, pero no se lo diremos a Quincy ni al Conde hasta que sepamos lo que hay detrás —añadió. Mina podría haberles mentido, pero él seguía sin querer herirla, y quizás no era nada. Puede que fuera un armario de suministros. En una piedra. En medio del bosque.

—Trato hecho. —Theo se giró para subir las escaleras cuando una cuerda salida de la nada tiró de ellos y los atrapó.

CAPÍTULO

VEINTIUNO

heo y Alexander no sabían qué era peor: que los hubieran atrapado o que los hubieran atrapado los segundos y que ahora estuvieran atados junto a Ren. Cuando encontraron a Eris y a los J de cuclillas tras el escritorio del vestíbulo, Eris suspiró.

—Tendríamos que habernos escondido en el armario de las cajas de madera grandes.

—¿El armario de las cajas de madera grandes? —preguntó Alexander moviéndose para intentar hacer hueco en la cuerda para los cuatro nuevos integrantes del grupo.

—Sí —respondió Joey—. Un armario repleto de largas cajas de madera con tapas. Lo encontramos mientras buscábamos…

Eris lo miró.

—*Shh* —le chistó.

—Un armario repleto de cajas de madera con tapas —repitió Alexander mirando con los ojos muy abiertos a Theo—. Como si fueran… ¿ataúdes?

Quincy se rio al escucharlo.

—Claro, si te quieres poner en plan siniestro, por supuesto.

—Es cosa del apellido, Sinister, ya sabes, *siniestro* en inglés —murmuró Theo intentando que uno de los J se colocara entre ella y Ren—. Oye, Q, ¿tú qué sabes de vampiros? —le preguntó a Quincy mientras esta tiraba de ellos hacia otro pasillo.

—Yo lo sé todo —contestó Ren—. Venga, pregúntame lo que quieras.

—¿Qué sabes de vampiros? —repitió Theo.

—Que, eh, ¡pueden transformarse en murciélagos! Y en animales.

—No solo en animales —intervino Quincy—, también en vapor.

—Sí, eso, también lo sabía. Es obvio. Y no les gusta el sol ni la cebolla.

—El ajo —le corrigió Alexander.

—Me refería a eso —replicó Ren con mala cara. Los estaba haciendo tropezar y haciendo que tardaran más. Ya era suficientemente complicado andar atrapados todos juntos dentro del lazo como para que alguien como Ren no coordinara sus pasos—. Y beben sangre.

Quincy asintió.

—Eso sin duda, pero no siempre. ¿Sabéis? En Filipinas cuentan historias sobre Mandurugos, por lo visto, tienen apariencia de chica durante el día, pero por la noche les crecen alas y las lenguas se les alarga y agujerea como si fuera una aguja, aunque no beben sangre.

—Eso es bueno —comentó Alexander que nunca se había parado a pensar sobre lo lleno de sangre que él estaba y lo mucho que quería seguir estándolo.

—No —continuó Quincy—, se alimentan de corazones, hígados y tripas. Ah, y también de mocos de la gente que está enferma. Estupendo, ¿verdad?

—Sí... mucho —reaccionó Alexander con un nudo en la garganta. Deseaba de verdad no haber empezado esta conversación y no haber aprendido que existían otros tipos de vampiro. Sin embargo, ahora lo sabía y no podía *des-saberlo* y tampoco podía dejar de imaginarse lenguas con forma de agujas. Eso era incluso peor que los colmillos. Si algún día tenía que elegir, preferiría un ataque con colmillos.

No obstante, no quería que le atacaran de ninguna forma. Se frotó el cuello nervioso y deseando haberse puesto un jersey de cuello vuelto. O una armadura. Quizás podría hacerse con una de las armaduras que decoraban las paredes.

Sin embargo, a Theo no le preocupaba esta nueva información. De hecho, pensaba que lo de los Mandurugos era alucinante. ¿Alas y lenguas con forma de aguja? Dejaban a los vampiros comunes a la altura del betún. Podría derribar sin problema a un murciélago del aire con una raqueta de tenis, y el vapor no imponía nada.

Ren siguió enumerando todas las cosas que ya habían dicho sobre los vampiros como si él fuera el primero en decirlas. Dejaron de escucharlo. Mientras tanto, Quincy los había hecho subir los serpenteantes escalones de piedra por los que habían subido a rastras el baúl dos días antes, pero el pasillo estaba vacío y el baúl ya no estaba.

—¿Ha llegado Van H.? —preguntó Theo, que sentía curiosidad por conocer al dueño del baúl.

—No, todavía no ha llegado —respondió Quincy. Frunció el ceño al mirar hacia la puerta de la habitación donde se encontraba el baúl en medio del suelo, bien cerrado y guardando los secretos sobre por qué este verano era tan siniestro, en vez de ser un típico verano Sinister-Winterbottom.

Quincy los dirigió de nuevo pasillo abajo hasta una puerta lateral. La abrió, y Theo y Alexander disfrutaron del breve y glorioso vistazo que tuvieron de una increíble biblioteca antes de que la vaquera volviera a cerrarla.

—No pensaba que los bebés pegajosos estuvieran aquí dentro y menos mal que no ha sido así. No me imagino que ningún libro sobreviviera a ellos.

Para cuando Quincy terminó de tirar de ellos para registrar todas las partes de edificio que no estaban fuera de los límites permitidos, quienes ganaron al escondite fueron los dos bebés pegajosos, pero de casualidad, porque se habían quedado dormidos en la sala decepcionante y se habían camuflado a la perfección con las pelotas deshinchadas que había esparcidas por toda la estancia, ya era hora de que Alexander preparara la cena.

Utilizó *mucho* ajo, solo para estar seguros.

Mientras Quincy estaba distraída intentando alimentar a los dos bebés pegajosos, Theo y Alexander intercambiaron una mirada llena de significado. ¡Era su oportunidad! Se pusieron de pie y recogieron sus platos para llevarlos a la cocina y lavarlos. Puede que ahora no se terminaran de fiar de Mina, pero iban a seguir haciendo lo correcto y limpiando lo que ensuciaran en lugar de dejarle el lío a ella.

El Conde abrió las puertas de sopetón y casi los golpea cuando iban de camino a la cocina.

—¡Quincy!

Ella se incorporó de golpe.

—Sí.

—Que vayan a exfoliarse y, cuando acaben, derechos a la cama —ordenó.

—Pero si solo son las ocho de la tarde —se quejó Theo con el ceño fruncido— y todavía tenemos que lavar los platos.

—Tonterías. —El Conde movió el brazo y les tiró los platos que sujetaban al suelo, de manera que se hicieron pedazos—. Eso es trabajo de Mina.

—Todo es trabajo de Mina —apuntó Alexander con el ceño fruncido.

—Exacto. Debe estar ocupada en todo momento. Ahora venga, a la cama.

—Ni siquiera es de noche aún —se quejó Ren mientras Quincy desataba las cuerdas que rodeaban a los dos bebés pegajosos con un simple movimiento de muñeca.

—Precisamente por eso —replicó el Conde—, por eso es por lo que tenemos que darnos prisa y encerraros, es decir, acostaros, antes de que el sol se ponga.

Antes de que nadie más pudiera protestar, y sin que ningún padre intercediera por ellos, los niños recorrieron el pasillo, subieron las retorcidas escaleras y entraron en la habitación de las literas.

—Descansad —les dijo el Conde, que estaba de pie en el umbral de la puerta y supervisaba a todos los niños con ceño preocupado. Dirigió la mirada a Theo y a Alexander—. Mañana tenéis que esforzaros *mucho* más. Quincy, la puerta.

Esta hizo una mueca.

—Parece que, em, he perdido la llave. Pensaba que la había abierto usted esta mañana.

El Conde la miró confuso.

—No. Es decir, al menos yo conservo mi llave. —Dicho esto, cerró la puerta de un portazo y se escuchó un clic metálico siniestro mientras los encerraba.

Alexander trató de no sentir miedo por estar encerrados en una habitación dentro de un horripilante caspallo donde posiblemente había vampiros y, cien por cien seguro, murciélagos acechando a la par que ni un solo adulto a la vista para explicarles las cosas, ayudarles o simplemente ser aburrido, pero reconfortante.

Theo se dio la vuelta, enfadada por estar encerrada y molesta por seguir sin saber forzar cerraduras.

—¿Alguien tiene herramientas pequeñas de metal? —preguntó. ¿Cómo podía haber pasado por alto una destreza tan fundamental en la vida como saber forzar cerraduras? Era un fallo personal tremendo, pero también un fallo del sistema escolar a la hora de proporcionarle la educación que necesitaba para tener éxito.

—Ve a la ventana, ahora que todavía hay luz suficiente para ver —le sugirió Alexander con tranquilidad. Sabía que Theo necesitaba algo que hacer o explotaría—. Estudia el laberinto para que mañana podamos atravesarlo más rápido.

Gruñendo por lo bajo, Theo se acercó a las grandes ventanas para otear los terrenos de atrás del caspallo y observó el laberinto con concentración.

—De acuerdo, chicos —los convocó Quincy con alegría—, a exfoliarse. Luego yo me encargo de dirigiros en una sesión de meditación para dormir.

Theo gimió.

—Cualquier cosa antes que eso —murmuró.

Alexander entró en uno de los cuartos de baño. Los grifos tenían forma de bocas y los tiradores, de garras. Agarró el bote de sal de ajo que había en su lavabo. Sintiéndose completamente estúpido, se roció un poco en el pelo y luego se restregó bien el cuello. A continuación, se lavó los dientes y se puso el pijama. Su madre le había metido en la maleta su pijama preferido, raído, suave y cómodo. Se preguntó si le habría metido también el yoyó.

Para cuando salió del baño, Theo ya se había duchado y lo estaba esperando en su litera.

—Lo he memorizado —le informó.

Alexander se sentó en su cama e intentó recopilar mentalmente todas las ideas que se le ocurrieron para incluir ajo en sus comidas. Escucharon un chasquido en la puerta que los sobresaltó a todos. La puerta se abrió y Mina apareció con una bandeja de batidos.

—Batidos de buenas noches —anunció alegremente—, para que durmáis bien. —Cada batido tenía una cereza brillante en la parte superior.

Colocó la bandeja sobre la mesa y luego se marchó, volviendo a echar el pestillo de la puerta.

—¿A ti también te parece extraño —le susurró Theo a Alexander— que un *spa* saludable nos deje bebernos un batido justo antes de dormir?

—Parece como si Mina estuviera intentando ganarse nuestro aprecio. Y ella tiene una llave, lo que significa que podría abrir o cerrar la puerta.

Alexander se llevó el batido al baño y lo ojeó con cautela. Mientras se lavaba los dientes, tiró el batido por el lavabo y dejó correr el agua del grifo. La cereza tiñó el agua de rojo mientras se colaba por el desagüe.

Cuando Alexander volvió a la habitación, todos los niños estaban acostados y dormidos.

—Nosotros no dormimos —le susurró Theo.

—Eso —la apoyó Alexander. Theo se subió a su cama y se sentaron el uno al lado del otro para observar cómo la oscuridad envolvía la habitación y escondía aquello que pudiera estar observándolos a ellos.

CAPÍTULO

VEINTIDÓS

Theo se despertó sobresaltada y levantó la cabeza del hombro de Alexander. Ambos seguían en la cama, solo que el quedarse sentados y alerta había desembocado en recostarse adormilados y esto, a su vez, en dormir a pierna suelta.

—Alexander —le llamó susurrando Theo.

—¡Yo no empecé la pelea con el mono! —respondió parpadeando rápido.

—Nunca creería que fuiste tú —lo tranquilizó Theo acariciándole la mano—. Venga, espabílate.

Alexander se aclaró los ojos.

—¿Qué pasa?

Theo se limitó a señalar con la mano. No sabía lo que la había despertado, pero sabía por qué no sería capaz de volver a dormirse. La puerta de la habitación de las literas volvía a estar abierta de par en par.

—¿Ha sido Quincy? —preguntó Alexander.

—Perdió la llave, ¿recuerdas? Además… —Theo señaló a dónde Quincy estaba completamente dormida. Había cambiado su cama por una hamaca hecha con sus lazos.

El suelo estaba frío bajo los pies de Alexander mientras hacía un recuento rápido. Todos los niños estaban allí y estaban dormidos.

—Entonces, ¿quién ha abierto la puerta? —susurró—. ¿Y por qué?

Theo se puso los zapatos. Normalmente, eran la clase de personas que solían andar descalzos por la casa, pero las normas cambiaban dentro de un caspallo. Sobre todo en caspallos que podrían estar infestados de vampiros.

—Vamos a descubrirlo.

Alexander no quería, de verdad que no, pero era obvio que quien (o lo que) quiera que fuera que estuviera allí fuera podía entrar fácilmente en la habitación. Y, para su alivio, Theo alargó el brazo para darle la mano, lo que significaba que ella también estaba asustada, aunque no lo demostrara.

Estar asustado con alguien de tu confianza siempre era mucho más placentero que estarlo a solas.

—Vamos a ver a Wil —propuso Alexander.

Salieron por la puerta y bajaron las escaleras. Las nubes de lluvia por fin habían desaparecido y la blanca y desnuda luz de la luna llena atravesaba las ventanas. Eso junto con unas pocas velas que parpadeaban sujetas en las paredes les proporcionó la luz suficiente para poder escabullirse por un conocido pasillo y llegar hasta el vestíbulo. Además de la luz suficiente como para ver que el cuadro que Alexander más detestaba había cambiado otra vez.

Esta vez, se trataba de una representación del edificio del Spa Sanguíneo, solo que lo habían pintado desde un ángulo algo extraño, con el edificio lejos y en la parte alta. El barranco por el que casi se despeña Wil era el motivo principal del cuadro.

—¿Lo sientes? —preguntó Theo. Siempre solía ser más que consciente sobre lo que le pasaba en el cuerpo. Dónde estaba, cómo se sentía, lo que estaba tocándolo. Ahora mismo, una brisa lo acariciaba. Miró a su alrededor buscando algún ventilador, pero no vio ninguno—. Parece que sale del cuadro.

Alexander no quería acercarse más, pero Theo tenía razón. No cabía duda de que una corriente de aire helado salía del cuadro. Alexander respiró hondo y se acercó para mover el marco. No se movió. Por norma general, los cuadros son inestables, ya que cuelgan de un único clavo. Lo que significa que casi siempre estaban ligera y enloquecedoramente torcidos. Alexander lo empujó. Theo tiró de él. El cuadro no se movió ni un milímetro.

Alexander tuvo una corazonada.

—Ayúdame a acercar el banco. —Una vez en posición, Alexander se subió en él. Palpó todos los bordes del cuadro y... ¡ahí!—. ¡Tiene bisagras! No es solo un cuadro —dijo—. ¡Es una puerta! Pero no puedo encontrar el pestillo para abrirla.

—Pero ¿por qué es una puerta? —preguntó Theo—. ¿Y a dónde lleva?

—Sabía que no era un cuadro normal —comentó Alexander mientras tocaba con los dedos algo que estaba sobre la parte superior del marco. Tomó el objeto y se le aceleró el corazón—. Suite Harker —susurró.

—Sí, esa es la habitación de Wil; ahora vamos —le contestó Theo.

Alexander sostuvo la llave de la habitación de Wil en la que se leía perfectamente SUITE HARKER.

—Suite Harker —repitió.

—¿Qué hace eso aquí?

—No lo sé, pero vamos a darnos prisa. —Alexander se bajó del banco y lo colocaron de nuevo en su sitio, luego corrieron tan en silencio como pudieron a través del vestíbulo y se adentraron en el pasillo que llevaba a las escaleras que terminaban en la Suite Harker.

—¿Por qué hay tantos tramos de escalera en este maldito *spa*? —resolló Theo. Le encantaba correr y hacer ejercicio, pero eran un montonazo de escalones los que la separaban de asegurarse de que su hermana estaba bien. Y, en mitad de la noche, cualquier cantidad de escalones es demasiada, tal y como cualquier niño que duerme en una planta distinta a la del cuarto de baño puede confirmarte.

Theo intentó abrir el pomo cuando llegaron a la habitación de Wil.

—Está abierta —susurró. Se apresuraron a entrar y pasaron rápido por delante de la puerta abierta del cuarto de baño para dirigirse hasta la cama de Wil.

La cama de Wil estaba desierta.

—¿Dónde está? —dijo Alexander. La mochila de Wil estaba abierta en el suelo y sus pertenencias esparcidas.

Theo se pasó las manos por el pelo e hizo que se le levantara de forma aún más despeinada.

—Puede que… ¿esté en una actividad del *spa*? ¿En mitad de la noche?

Alexander estaba asustado, pero lo estaba más por Wil que por él mismo. Al menos él tenía a Theo. Wil no tenía a nadie que cuidara de ella y ellos no habían sido capaces de advertirle. Ella no tenía ni idea de las amenazas que les acechaban en ese lugar.

—¿Dónde deberíamos buscarla? —preguntó Theo.

—Las dos veces que la hemos visto una estaba en el *spa* y otra, en el vestíbulo. Así que vamos a empezar por allí.

Theo asintió.

—En el vestíbulo hay un ordenador. Le encantan los ordenadores. Casi tanto como le encanta Rodrigo. *Espera un momento.* ¡Rodrigo! —Theo volvió corriendo a la habitación e hizo una rápida búsqueda que hizo que se sintiera mucho mejor.

—Seguramente esté bien —afirmó Theo al mismo tiempo que le daba la mano a Alexander en el pasillo—. No se ha olvidado de Rodrigo.

—Ay, gracias a Dios. —Alexander compartió el alivio de Theo—. Eso significa que sé cómo encontrarla. Hay un teléfono en la cocina. Podemos llamarla.

—Eres un genio. —Corrieron escaleras abajo, atravesaron el pasillo, el vestíbulo y llegaron a la cocina. No se atrevieron a encender ninguna luz, pero un rayo de la luz de la luna iluminaba de lleno el teléfono.

Hoy en día, la mayoría de la gente no se sabe ningún número de teléfono, pero Alexander no era la mayoría de la gente. Se sabía el número de Wil de memoria, el de su madre, el de su padre, el de la tía Saffronia, el de control de intoxicaciones, el de un servicio gratuito para saber el tiempo e incluso el de la pizzería local que servía a domicilio. Tenía claras sus prioridades.

Wil respondió de inmediato.

—Al habla Wil «Fuego Fatuo» —dijo, pero su voz sonaba dura y enfadada, con un cariz que Alexander nunca le había escuchado— y más vale que tengas la información que te he pedido o te *destruiré.*

—¿Wil? —susurró Alexander muy confuso.

—¿Alexander? —El tono de voz de Wil cambió—. ¿Qué haces? ¿Dónde estás?

—Fuimos a tu habitación, pero no estabas allí, así que nos preocupamos. El hotel es...

—¡Volved a la cama! —espetó Wil—. No es seguro pasearse por la noche.

Alexander quería preguntarle a Wil que, en ese caso, qué estaba haciendo ella exactamente fuera de la cama, pero antes de que pudiera preguntarle, Wil le colgó. Alexander miró el teléfono con el ceño fruncido antes de colgarlo también.

—Supongo que está bien.

—Bueno, mientras esté bien... —La sonrisa de Theo era tan amplia y brillante como un camino de grava bajo la luz de la luna—. Parece ser el momento perfecto para ir a la puerta del bosque sin que nadie se dé cuenta.

—¿Qué? —Alexander negó con la cabeza—. No. Está oscuro.

—Por eso es perfecto. Nadie nos verá.

—Ya, ¿y cómo veremos *nosotros*?

—¡Con la luz de la luna!

—¿Y qué pasa con las babosas?

—¿Qué *pasa* con las babosas? —le preguntó Theo confusa, pero en su línea de vivir en una paz inalterable sin preocuparse por el nivel de relativa amenaza que suponían las babosas—. Venga, será...

La voz de Mina llegó hasta ellos, el eco del vestíbulo hacía que sonara como si los estuviera rodeando por todas partes.

—Sé que estáis ahí —canturreó con un tono de voz siniestro al mismo tiempo que bromista—. Sé que estáis ahí, y os voy a encontrar...

—Vale, cambio de planes —susurró Theo—. Vamos a escondernos en la cama hasta que sea de día.

Los mellizos Sinister-Winterbottom no pudieron estar más de acuerdo el uno con el otro.

CAPÍTULO

VEINTITRÉS

El Conde apareció en el umbral de su puerta al amanecer.

—¿Por qué no tenía el pestillo echado? ¿Estáis todos? ¿Todos a salvo?

Alexander pensó que se trataba de un saludo mucho más ominoso que un «¡Buenos días!» o un «¿Cómo habéis dormido?».

—Sí, señor —canturreó Quincy. Theo y Alexander no estaban de acuerdo sobre esa certeza de estar *a salvo*. Habían pasado el resto de su larga noche de insomnio, de guardia.

—Bien. Mantengámoslos ocupados —ordenó el Conde—. Y vosotros —dijo al mismo tiempo que fijaba su afilada mirada en Theo y Alexander—. Espero que hoy lo hagáis mucho mejor. —Dicho eso, se marchó.

—¿A qué se refería? —les preguntó Ren—. ¿Estáis haciendo algo mal? ¡Lo sabía! Sabía que era mejor que vosotros.

—Tengo que irme a preparar el desayuno. —Alexander agarró a Theo por el brazo y la sacó de la habitación. En cuanto fueron libres, echaron a correr—. Wil —dijo.

—Wil —confirmó Theo. Puede que su hermana les hubiera contestado al teléfono anoche, pero no les dejó que le contaran sobre todos los peligros que corría. Después de todo, ellos ya habían visto un murciélago vampiro rondando los exteriores de su habitación. Ella tenía que saberlo para, así, poder protegerse.

Corrieron hasta su habitación y llamaron a la puerta, pero no obtuvieron respuesta alguna.

—Sigue abierta —susurró Theo, cosa lógica, teniendo en cuenta que seguía teniendo la llave de esa habitación guardada en el bolsillo.

Los mellizos se colaron en la habitación, inquietos por lo en silencio y a oscuras que estaba el interior. Las cortinas estaban echadas, así que tuvieron que acercarse mucho a la cama para ver que, gracias a Dios, esta vez Wil sí estaba allí. Estaba envuelta en las sábanas, como si se hubiera movido y reliado en ellas. Rodrigo estaba enchufado para que cargase, pero ella seguía sujetándolo con la mano sobre la almohada que había a su lado. La recepción de un mensaje hizo que la pantalla se encendiera y que esta iluminara la cara de Wil. Tenía círculos oscuros bajo los ojos y, en el cuello, dos bultos perfectos y rojos.

—¡Oh, no! —reaccionaron los mellizos al mismo tiempo.

Habían llegado demasiado tarde.

—¡Wil! —gritó Theo al mismo tiempo que le sacudía el hombro—. ¡Despierta!

Wil gimió y movió la mano que tenía libre por el aire para deshacerse de Theo.

—¡Wil! —Alexander se unió a Theo. Necesitaba que Wil se despertara, que estuviera bien.

—Largaos, tontos —gruñó Wil, que abrió uno de los ojos inyectados en sangre antes de darse la vuelta.

Alexander no podía pensar. ¿Qué debían hacer con una hermana adolescente vampiro? ¿Qué harían sus padres si estuvieran allí? Deseó desesperadamente que lo estuvieran, y luego, de inmediato, dejó de desearlo. Se alegraba de que sus padres no estuvieran allí, que no estuvieran en ese espeluznante *spa*, que no fueran lo que quiera que Wil fuese ahora. La ráfaga de gratitud que sintió porque al menos sus padres estuvieran bien bastó para calmarlo.

Theo agarró la mano de Alexander y lo sacó hasta el pasillo. Tal y como sospechaba, esta puerta se cerraba desde fuera y desde dentro, al igual que la de la habitación con literas. Esto significaba que podrían usar la llave para encerrar a Wil, así que eso fue lo que Theo hizo.

—Ahora ella ya no puede ir al *spa*, ellos no pueden hacerle daño ni ella herir… —La voz de Theo se fue apagando, ya que no quería decir que le preocupaba que Wil hiriera a alguien. Wil *no era* un vampiro. No podía serlo. Las abejas estaban histéricas, habían destrozado la colmena, estaba sintiendo demasiadas cosas como para entenderlas o contenerlas.

Había algunos problemas que les quedaban demasiado grandes a dos niños de doce años. Incluso a dos niños de doce años increíblemente valientes, prudentes y extremadamente inteligentes.

—Creo que deberíamos llamar a la tía Saffronia —dijo Alexander. Se mirara por donde se mirase no es que fuera un adulto responsable, pero era lo más cercano a uno que tenían en esos momentos.

Corrieron hacia la cocina, pero se pararon nada más llegar a la puerta al escuchar la voz de Mina dentro, murmurando en voz baja.

—En el vestíbulo hay un teléfono —susurró Theo. Los hermanos retrocedieron lentamente. Por suerte, el vestíbulo estaba tan vacío como la nevera de la tía Saffronia cuando llegaron el primer día a su cocina.

Alexander tomó el teléfono de detrás del mostrador y marcó el número de la tía Saffronia. Al igual que cuando la llamó en Diversión a Caudales, comunicó una eternidad hasta que, por fin, el sordo sonido se transformó en una interferencia chisporroteante.

—¿Hola? —preguntó Alexander con timidez, como si estuviera llamando al interior de una cueva oscura y temiera que le respondieran.

—Alexander —lo reconoció la tía Saffronia.

—Sí, soy yo. Escucha, aquí pasa algo raro. Creo que deberías venir a recogernos.

—¿Habéis encontrado lo que necesitábamos?

—¿Qué? ¿Te refieres a la búsqueda del tesoro? ¡No tiene sentido! No hay pistas suficientes y Wil está metida en un lío.

La tía Saffronia respondió como si no le hubiera escuchado.

—Tenemos que prestar atención. *Vosotros* tenéis que ser capaces de prestar atención. No puedo ir a recogeros hasta que podáis hacerlo. Ojalá hubiera otra manera. Vuestra madre pensó que podría haberla y mirad dónde ha terminado.

—¿Qué? ¿Cómo? ¿Dónde ha terminado? —preguntó Alexander. Seguían sin saber dónde estaban sus padres ni por qué no les habían llamado ni por qué Wil no podía contactar con ellos.

—Exacto. ¿Dónde *ha* terminado? ¿Dónde, oh, dónde, ingenua y dulce Syringa? —La tía Saffronia permaneció en silencio.

Alexander temía que le colgara, pero él no estaba listo para colgar todavía.

—Así que ¿estamos solos en esto?

—Nunca estáis solos. Sois Sinister y los Sinister siempre se ayudan entre ellos. Todos dependemos de vosotros. *Encontrad lo que estaba perdido.* —Su voz tomó ese cariz bajo y retumbante propio de un trueno que tomaba a veces. Alexander más que escuchar la orden, la sintió, pero entonces la interferencia se cortó. La llamada había finalizado.

—¿Qué te ha dicho? —preguntó Theo.

Alexander colgó el teléfono lentamente.

—Que no nos podemos ir hasta que encontremos lo que necesitamos. Que tenemos que prestar atención. Encontrar lo que estaba perdido.

—¿Quiere que ganemos la búsqueda del tesoro? —preguntó Theo con horror.

—Bueno, quiere que, como mínimo, encontremos *algo*, pero creo que ambos sabemos lo que tenemos que encontrar. —Alexander hizo una pausa y se puso una mano en la garganta mientras tragaba con dificultad el nudo de miedo que sentía allí—. Tenemos que encontrar una prueba de que aquí hay vampiros.

—Y descubrir quién es el vampiro, porque a Mina la hemos visto fuera a la luz del día.

—Pero estaba nublado —apuntó Alexander, que deseaba poder estar de acuerdo con que Mina no era un vampiro—. Además, podría haber más de un vampiro, quiero decir, el encargado de este sitio se hace llamar el Conde, algo que, sin duda, parece vampírico. —Alexander odiaba la idea de que hubiera vampiros, en plural, más aún que la de que hubiera un vampiro, en singular.

—De acuerdo. Si descubrimos a los vampiros, daremos con la forma de salvar a Wil.

Alexander intentó transformar todo el miedo que sentía en determinación. Porque la tía Saffronia tenía razón. No estaban solos. Se tenían el uno al otro, y ya fueran vampiros o no, nadie se metía con un hermano Sinister-Winterbottom sin meterse con todos ellos.

CAPÍTULO

VEINTICUATRO

Alexander estaba tranquilamente sentado en la silla de enfrente del oscuro vestíbulo porque estar sentado le ayudaba a concentrarse. Theo caminaba de un lado a otro como un tigre porque moverse le ayudaba a concentrarse.

Algo que ambos mellizos tenían en común era que, cuando estaban demasiado preocupados o sobrepasados por las emociones, tener un plan les daba algo más en lo que pensar además de en el miedo que sentían. Era posible que Wil se estuviera convirtiendo en un vampiro, y la tía Saffronia no los recogería hasta que encontraran una manera de prestar atención. Pues vale, a ellos se les daba bien encontrar cosas, así que iban a encontrar la manera de resolver lo que fuera que estaba sucediendo en el Spa Sanguíneo.

Theo se crujió los nudillos, cuyo chasquido ella sabía que Alexander odiaba, pero Alexander también sabía que

Theo lo hacía cuando estaba nerviosa, así que decidió dejarlo pasar.

—Tenemos que descubrir cómo evitar a Mina el tiempo suficiente para poder atravesar esa puerta.

Alexander asintió con tristeza. Wil era la hermana mayor y debería estar cuidando de ellos, pero por segunda vez en dos semanas, ellos eran los que estaban luchando por resolver un misterio con tal de mantenerla a salvo. Alexander se preguntó si quizás tendrían que haberle enseñado a Wil la carta de su madre, pero ¿para qué habría servido? Por supuesto que Alexander acabó necesitando que le recordaran que fuera prudente, y Theo había necesitado el empuje de confianza para seguir siendo valiente, pero ¿por qué necesitaría Wil que le recordaran que usara su teléfono? Nunca *dejaba* de usarlo.

—Un momento —dijo Alexander—. Sabemos que ahora mismo Mina está en la cocina, ¿verdad?

—Vamos a comprobarlo. —Theo se acercó de puntillas a la puerta de la cocina. No había duda, Mina estaba dentro cantando y riendo mientras mantenía una conversación consigo misma.

—El laberinto no se ve desde la ventana de la cocina. —Alexander estaba contento de que esta vez la cocina sirviera para algo más que para preparar comida deliciosa para todos.

—¡Andando! —dijo Theo. Los mellizos se escabulleron al exterior, la humedad los envolvió con alegría. El aire era limpio y emanaba vida, además de silencio. Estaban solos allí fuera. Corrieron por el lateral del edificio, atravesaron todas las actividades que había para mantenerlos tan entretenidos que no se dieran cuenta de que algo sospechoso estaba pasando y llegaron a la entrada del laberinto. Justo antes de entrar en él, Theo se giró y miró el caspallo.

Había una cara pegada contra uno de los cristales de una ventana que los estaba mirando. El cristal era demasiado grueso como para que Theo pudiera ver de quién se trataba, pero *alguien* sabía que estaban allí.

Sacó el cronómetro, el pulso se le aceleraba por momentos.

—Mina tarda siete minutos, así que si se trata de ella, tardará un par de minutos en llegar hasta aquí y siete minutos más en recorrerlo. Lo que significa que tenemos que atravesarlo tan rápido como podamos. —Activó el cronómetro, se aseguró de que Alexander seguía a su lado, y empezó a correr.

El cerebro de Theo, aunque no solía ser muy bueno siguiendo instrucciones o a la hora de recordar cosas importantes como ponerse los calcetines antes que los zapatos o pedir permiso, era buenísimo en cuestiones de orientación y de laberintos, y, además, su cuerpo era buenísimo para correr.

Alexander le seguía el ritmo lo mejor que podía mientras giraban con rapidez. Nunca lo recorrería solo, pero no tenía que hacerlo ya que contaba con Theo. Llegaron al otro lado del laberinto resoplando en busca de aire.

—¡Cinco minutos! —celebró Theo levantando el cronómetro. Luego lo reinició—. Hemos tenido un buen comienzo, pero no va a durarnos mucho. Tenemos que atravesar rápido la puerta. Vamos.

Bajaron por el camino tratando de evitar las babosas que parecían estar advirtiéndoles de algo en un lenguaje que solo ellas conocían. Alexander se imaginó que sería el equivalente al código Morse para las babosas. *Pfs- pfs - pfs - pfs -pfs, cada pfs* equivaldría a un «daos la vuelta y seguid las normas».

No tardaron mucho en llegar a las rocas. Theo intentó abrir la puerta. Estaba, cómo no, cerrada. Miró el cronómetro. Ya habían pasado dos minutos. Las abejas de su interior empezaban a revolverse de nuevo.

—¿Qué hacemos? —preguntó—. ¿Tecleo números al azar y rezamos para que sea el correcto?

Alexander miró más de cerca el teclado. Se parecía a un teléfono antiguo, tenía letras bajo cada número.

—¿Y si el código *no* es numérico? ¿Y si se trata de una palabra?

—¿Y qué palabra podría ser? No tenemos ninguna pista.

—A ver, es probable que sea una de cuatro letras, así que eso reduce las posibilidades. —Aunque tampoco mucho. Había muchísimas palabras de cuatro letras en el mundo. Alexander pensó en los antiguos dueños del *spa*. ¿Qué habrían usado *sus* padres como contraseña? ¡Los nombres de sus hijos! Aunque en realidad esperaba que sus padres nunca usaran su nombre como contraseña, ya que eso significaría que tendrían que acortarlo a cuatro letras, es decir, a Alex, nombre al que se negaba a responder.

Sin embargo, los Sanguíneo tenían dos hijas a las que pusieron nombres de cuatro letras. Alexander contuvo la respiración y marcó los números que se correspondían con Lucy: 5-8-2-9.

No sucedió nada.

Intentó Mina: 6-4-6-2. No sucedió nada. Dejó caer los hombros. Después de todo, su brillante idea no había sido tan brillante. Había fallado.

—No tenemos más pistas —se lamentó—. No puedo adivinarlo.

—Espera —intervino Theo—. *Una adivinanza.* Como la de mi sueño. ¿Cuál es el nombre de su sexto animal preferido en inglés? ¿Y si no se trataba de una pregunta rara? ¿Y si era una pista? ¿Y si era...?

Theo marcó 2-2-8-7. El código con el que se deletreaba BATS, murciélagos en inglés.

Se escuchó un clic, y la puerta se abrió hacia dentro.

CAPÍTULO

VEINTICINCO

lexander no había pensado en lo que harían una vez que abrieran la puerta, ya que nunca llegó a pensar que *conseguirían* abrirla.

Sin embargo, ahora que estaban delante de una escalera que descendía como si se tratara de la garganta de una enorme bestia que estaba esperando para engullirlos enteros, Alexander se dio cuenta de que había sido un fallo enorme de imaginación. Ahora era incapaz de pensar en otra cosa, la mente le iba a cien por hora y no dejaba de darle vueltas a las infinitas posibilidades de lo que podrían encontrar ahí abajo, cada una de ellas era peor que la anterior. Babosas. Vampiros. Babosas vampiro. Un agujero infinito del que no podrían salir nunca mientras las babosas vampiro se reían de ellos por cada vergonzoso error que cometían en cada uno de sus intentos.

—Lo mismo no es más que un almacén —comentó Theo con un tono de voz animado. Ella siempre había dado por hecho que conseguirían entrar. *Además*, había adivinado cuál era el nombre en inglés del sexto animal preferido de la extraña voz, ¡tras batir la marca de Mina en atravesar el laberinto! No tenía ni idea de lo que había al final de esas escaleras, pero estaba impaciente por descubrirlo. Estaba en una racha ganadora y deseaba poder restregárselo a Ren por la cara.

—¿Somos valientes o prudentes? —susurró Alexander. Ese era el problema de estar siempre juntos: si se *suponía* que él era prudente y se *suponía* que Theo siempre era valiente, pero debían tomar la misma decisión, ¿cómo sabían qué postura tomar? Mina había tratado de mantenerlos alejados de aquel sitio. Ciertamente, cabía la posibilidad de que fuera un vampiro, pero a él le seguía cayendo bien. Mina estaba triste, pero su tristeza no la había convertido en una persona amargada ni malvada, y eso es algo que dice mucho de una persona. Así que ¿le hacían caso o hacían lo contrario a lo que les había dicho? ¿Confiaba él en ella o no?

Theo, a diferencia de Alexander, solo pensaba en una cosa: *¡Hay que bajar!*

De manera que, como de costumbre, Theo fue quien tomó la decisión por los dos. Atravesó la puerta y ya iba por la mitad de la escalera cuando Alexander ni siquiera había cruzado el umbral todavía.

La temperatura en el interior era un alivio inmediato, ya que hacía varios grados menos en comparación con el aire de fuera.

—Lo mismo forma parte del *spa* —susurró Alexander—. Aquella habitación también parecía una cueva. Quizás nos encontremos a los padres con algas en las uñas y tratamientos faciales de baba de babosa. —Estaba claro que no tenía ni idea de lo que se hacía en los *spas*. No existían ni las algas en las uñas ni los tratamientos faciales con baba de babosa. Todavía. Aunque solo haría falta que una celebridad hablara de ello para que eso cambiara.

Aun así, ni siquiera imaginarse el *spa* le tranquilizaba. Alexander visualizó a los adultos como unos zombis con las manos levantadas y cubiertas con algas que caminaban hacia él gruñendo e intentando obligarle a unirse a ellos en el *spa*. Él no quería un tratamiento facial de baba de babosa. ¡No quería ningún tipo de tratamiento facial!

—No dejes que me hagan ningún tratamiento facial, Theo —le susurró al mismo tiempo que le agarraba la parte de atrás de la camisa.

—Nadie te tocará la cara a menos que tú quieras que lo hagan —susurró Theo con fiereza. A veces, que Alexander tuviera miedo, la hacía ser incluso más valiente. Estaba preparada y deseando vencer a cualquiera que estuviera al final de las escaleras y quisiera tocarle la cara a Alexander. Aunque no *terminaba* de entender por qué eso era lo que le asustaba a su hermano. Ella pensaba que era más probable que encontraran una caída escarpada por un barranco o más vampiros. Una de dos.

Finalmente, llegaron al final de las escaleras. Había una pared de roca escabrosa delante de ellos, negra y mojada, y un pasaje abovedado excavado a su izquierda. Sin embargo, cuando entraron, no encontraron más que una cueva. Una cueva gigante y elevada sin una piscina de olas a la vista. Y casi que mejor, porque habría sido bastante confuso encontrarse una piscina de olas allí abajo. Aunque al menos los mellizos ya sabían lo que hacer con las piscinas de olas situadas en el interior de cuevas aterradoras.

La cueva, a diferencia de los escalones, que sí que los habían construido a propósito y dotado de luces y una barandilla de metal para que fueran seguros, detalles que *reconfortaron* un poco a Alexander, ya que estaba seguro de que los vampiros no se preocuparían por su seguridad,

¿no?, parecía natural. El suelo era áspero e irregular, y tenía múltiples hendiduras. Había un olor parecido a amoniaco, es decir, que olía como los productos de limpieza, solo que parecía que estos productos de limpieza estuvieran mohosos, sucios y asquerosos.

En definitiva, olía fatal.

En el extremo más lejano de la cueva vislumbraron un haz de luz que provenía de una especie de curva. Puede que por allí hubiera una salida distinta a la de las escaleras.

Cosa que hizo que Alexander se diera cuenta de una cosa terrible: no había ni rastro de la luz del día a sus espaldas. Subió corriendo las escaleras, pero habían cometido un error monumental. No habían hecho que la puerta se quedara abierta. Estaba cerrada y bloqueada y no fue capaz de abrirla.

—¿Y bien? —susurró Theo.

Alexander volvió a bajar lentamente hasta donde Theo lo estaba esperando.

—Más nos vale encontrar otra salida.

—De acuerdo —contestó Theo con seguridad. Después de todo, había sido capaz de encontrar la manera de entrar, así que encontrar la manera para salir debería ser incluso más sencillo. Sin embargo, cuando pisó el suelo de la cueva, escuchó un crujido. Se detuvo. Alexander se detuvo. Ambos se quedaron completamente inmóviles. *Ahí*, otra vez, un crujido leve, pero era imposible adivinar su procedencia. El sonido rebotaba en las paredes de la cueva como si anduviera sigilosamente hasta sus oídos.

—¿Qué crees que es? —Alexander daría lo que fuera porque hubiera más luz—. En realidad, no. No quiero saberlo.

—¿Te acuerdas del cuadro? —preguntó Theo.

Alexander recordó todos los cuadros. El de la señora Sanguíneo con su difuso amigo murciélago que cobró vida. El del señor Sanguíneo y la forma en que los miraba, amenazante. El de la familia al completo… en una cueva… con el techo difuso.

Como si estuviera lleno de murciélagos.

—Tenemos que salir de aquí —susurró Alexander apretando la mano de Theo.

»Vamos. Vayamos hacia la luz. —Atravesaron con cuidado el suelo de la pestilente cueva. Al dar la curva del pasaje de la cueva, casi se quedan ciegos por la claridad de la luz del día. No obstante, ese era el problema. Delante de ellos había luz del día… y nada más. Solo una caída en picado hacia el suelo.

—¡Es el barranco! —exclamó Theo.

—Pues claro —confirmó Alexander mientras la empujaba hacia atrás.

—Tenemos que salir de aquí.

—Sí, desde luego.

—Y la única puerta que conocemos está cerrada.

—Sí, por desgracia.

—Y por este lado solo tenemos una caída en picado hacia el suelo recubierto de piedras del bosque.

—Sí, es aterrador.

—Aunque… —Theo se inclinó, demasiado como para que Alexander estuviera cómodo con ello, y miró hacia arriba. Alargó la mano hacia el bolsillo y sacó la cuerda de Quincy, que ya tenía un nudo hecho en el extremo—. No estamos tan lejos de la parte de la cima del barranco.

—No, de eso nada —negó Alexander.

—No nos queda otra. De verdad que creo que puede funcionar.

—No —repitió Alexander moviendo la cabeza—. Podemos volver a subir las escaleras y tratar de abrir de nuevo la puerta. O simplemente esperar. Lo mismo viene alguien y la abre.

—No creo que podamos esperar a eso. O que *debamos* esperar a que eso pase. Quienquiera que abra la puerta no quiere que estemos aquí. Alexander, puedo hacerlo. —Theo no estaba siendo insensata, sino sensata. Sabía perfectamente de lo que era capaz y lo bien que se le daba escalar. Y sabía de todo corazón que podía hacerlo.

Los crujidos del interior de la cueva que tenían detrás se intensificaron.

—Deja que te sujete mientras lo lanzas —le dijo Alexander, que había cambiado de opinión. Si Theo iba a ser valiente, él sería tan prudente como pudiera por el bien de su hermana. Le dio la mano izquierda y la sujetó con fuerza mientras ella se asomaba a la nada. Theo giró el lazo un par de veces, luego lo lanzó hacia arriba. Cayó. Volvió a intentarlo. Cayó.

—Un último intento —susurró. Alexander no sabía si esperar que funcionara o esperar que no lo hiciera.

—Un momento —la detuvo Alexander—. Átalo aquí. —Señaló un lugar donde una estalagmita sobresalía en la entrada—. Así podrás bajar en vez de subir y yo me puedo asegurar de que la cuerda se mantiene bien atada.

—Tardaré más en encontrar el modo de subir y llegar hasta la puerta para que puedas salir. —Ninguno sugirió que Alexander tratara de seguirla descendiendo la cuerda, porque ambos sabían que no podía hacerlo.

A Alexander le asustaba la idea de quedarse solo en esa oscura cueva, pero no tanto como el peligro al que Theo tendría que enfrentarse si escalaba en lugar de descender por la cuerda. Estaba siendo a la par prudente y valiente.

—Estaré bien. Tú solo intenta ir lo más rápido que puedas *una vez* que llegues al suelo. Ve muy, pero que muy despacio hasta que llegues al suelo.

Theo sonrió y asintió mientras abrazaba fuerte a Alexander. Ataron la cuerda a la estalagmita. El final de la cuerda llegaba casi al final del barranco.

—Puedo hacerlo —dijo Theo, tanto a Alexander como a sí misma. Se dio la vuelta, asió la cuerda y descendió en rapel.

No era el tipo de rapel que ella tenía en mente, con cuerdas, arneses, cascos y todas las cosas que hacían que fuera seguro ir más rápido, pero, sin duda, era un reto que requería que se concentrara total y absolutamente, es decir, su tipo de reto preferido.

Alexander la observaba con un nudo en el estómago más apretado incluso que los de la cuerda. Theo bajaba lento, con cuidado, intercambiando las manos para bajar por la cuerda y con los pies apoyados en la roca para controlar el descenso. Al rato, llegó al extremo de la cuerda.

Alexander contuvo la respiración.

Theo se soltó.

CAPÍTULO
VEINTISÉIS

T heo apenas tuvo tiempo de preguntarse cuánto tardaría en llegar al suelo antes de aterrizar.

—¡Estoy bien! —gritó y se encogió de inmediato. No había que hacer mucho ruido cerca de la cueva de los murciélagos vampiro, así que se limitó a levantar los pulgares.

Alexander la saludó y recogió la cuerda con cuidado mientras se la enrollaba alrededor del hombro. No tenía nada que hacer mientras esperaba a Theo. Excepto explorar, y la verdad es que no le apetecía nada explorar. Se quedó allí tanto tiempo como pudo soportarlo apreciando el aire fresco y la luz, pero, pasados unos minutos, empezó a preocuparle que Theo llegara a la puerta antes de lo que esperaba y que él no estuviera esperándola allí. Así que se dio la vuelta y volvió a entrar sigilosamente en la cueva. Miró las paredes que lo rodeaban, en parte para evitar mirar al techo, que sospechaba que estaría repleto de murciélagos, y para evitar mirar al suelo, que sabía que estaba repleto de excrementos de murciélago.

—Guano —susurró para sí, ya que los excrementos de murciélago eran tan especiales que hasta tenía su propio nombre. Sin duda, a su padre se le habría ocurrido algún juego de palabras excelente.

¿Por qué estás en una cueva llena de murciélagos vampiro, herguano?

Alexander se preguntaba lo mismo.

¿Vas a tirarte todo el día ahí abajo, herguano?

Alexander esperaba que no.

¿Acaso nadie iba a decirte nada sobre la puerta de la pared, herguano?

Alexander se detuvo de golpe. Ahora que la vista se le había vuelto a acostumbrar a la oscuridad, vio lo que habían pasado por alto en su primera incursión a la cueva. Había, ciertamente, una puerta en la pared. Estaba en el otro extremo de la cueva, en el lado opuesto a las escaleras. Se habían dejado llevar por la luz al final del túnel. Ellos lo desconocían, pero a la tía Saffronia le habría resultado de lo más cómico, ya que los Sinister eran conocidos por ignorar las luces al final de los túneles.

La puerta nueva le creó a Alexander un dilema, una palabra genial para referirse a un problema desconcertante. Su madre siempre llamaba a las cosas «dilemas» en lugar de problemas porque, tal y como ella lo veía, un *dilema* sonaba mucho más divertido.

*¿Debería intentar abrir la puerta de la pared de la cueva o esperar a Theo en las escaleras? Si pudiera salir más rápido por la puerta, podría ayudar a Theo, pero, al mismo tiempo, si se equivocaba de camino, podrían perderse ambos en el bosque, ella volvería a la cueva y no sabría dónde estaba él, y él terminaría perdido en el bosque y devorado por las babosas vampiro.

Sin embargo, alguien volvió a escoger por Alexander.

La puerta misteriosa se abrió. Alexander no pudo ni esconderse porque el haz de luz que salió de la puerta lo alumbró igual que el foco de un teatro y cuando vio a quién salió, no supo si sentirse aliviado o preocupado.

Levantó una mano para saludar con cuidado a Mina.

Sin embargo, en lugar de la sonrisa de Mina, todo lo que recibió fue una mirada de completo enfado y horror.

—¿QUÉ HACES AQUÍ? —gritó Mina, y esta vez estaba *muy* claro que le estaba gritando únicamente a Alexander. Se tapó la boca con la mano y abrió aún más los ojos al mirar hacia arriba.

Alexander siguió su mirada para ver cómo el techo de la cueva, *todo* el techo de la cueva, empezaba a retorcerse, moverse y cobrar vida.

—¡Alexander! —gritó Theo desde la parte de arriba de las escaleras. Alexander se giró y corrió hacia ella.

—¡Para! —exclamó Mina.

—¡No pares! —chilló Theo.

No era una decisión muy complicada de tomar. Por mucho que Alexander siempre intentara escuchar a la persona que estaba al mando, no iba a parar. Porque ahora no solo era el techo de la cueva lo que había cobrado vida por el movimiento. El aire se estaba llenando de pequeños cuerpos que aleteaban y se agitaban con un desenfreno caótico.

Alexander se cubrió el cuello con las manos y corrió escaleras arriba. Había algunos murciélagos por encima de él, que se movían rápido y daban vueltas por el reducido espacio, pero logró llegar arriba sin que le mordieran. Theo lo estaba esperando con la puerta abierta.

Estaba haciendo uso de todo su autocontrol para no correr escaleras abajo y ayudar a Alexander, pero en el fondo también era consciente de que si lo hacía, la puerta se cerraría y volverían a estar en la misma situación que antes. Alexander habría estado orgulloso de ella por ser prudente, pero en ese momento, estaba demasiado ocupado estando asustado porque le picara un murciélago vampiro.

Alexander salió volando por la puerta, no de forma literal, como un murciélago lo haría, sino figurada, como lo haría un niño asustado de doce años que intentaba que no le mordiera un vampiro transformado en murciélago, y Theo cerró la puerta tras él.

—Esto es... —empezó Alexander intentando recuperar el aliento.

—Malo —continuó Theo.

—Muy malo.

—Muy malo nivel espantoso.

—Muy malo nivel murciélagoso —concluyó Alexander, ya que incluso estando tan asustado como lo estaba, no podía evitar hacer el chiste fácil.

—Vamos. —Theo corrió hacia el caspallo. A pesar de haber descendido por un barranco, corrido para rodearlo, dar con el camino ascendente, corrido para atravesarlo y dar con la puerta de entrada a la cueva, Theo sentía que podría hacerlo un millón de veces más si fuera necesario. Lo que fuera con tal de mantener a Alexander a salvo—. Tenemos que encontrar un sitio para escondernos de Mina y del Conde mientras decidimos qué hacer.

—Tienes razón —afirmó Alexander, que no podía estar más de acuerdo con su hermana. También ayudaba que el plan de Theo fuera esconderse en lugar de algo como enfrentarse a un ejército de vampiros.

En realidad, Theo se moría de ganas de hacer eso, pero quería estar preparada. Ahora mismo no podía pensar. Todas las abejas de su interior estaban agitadas y la recorrían de punta a punta de su cuerpo. Temía que el pecho se le convirtiera en una cueva de murciélagos si no daba con la manera de calmarse. Al menos las abejas se agitaban con algún motivo: para encontrar comida, para picar a lo que les resultaba una amenaza, para construir cosas. Si tuviera *murciélagos* en su interior aleteando por todas partes en completo caos, ¿cómo los controlaría?

—¡No quiero convertirme en vampiro! —exclamó Theo cuando entraron en el laberinto e inició el cronómetro para asegurarse de que estaban corriendo lo necesario para llegar al caspallo antes que Mina.

—Yo tampoco. —Alexander y Theo no solían estar cien por cien de acuerdo en nada, excepto en que las pasas no tenían cabida en las galletas y que los churros deberían ser algo más común, pero en esto sí que estaban completamente de acuerdo. Corrieron por el laberinto. Theo casi no tuvo tiempo para sentirse victoriosa por haberlo recorrido en menos de cinco minutos antes de atravesar corriendo el vestíbulo. Entonces, sin saber a dónde más ir, se dirigieron hacia el pasillo del cuadro.

—¿Lo ves? —gritó Alexander asombrado—. ¡Es el cuadro *de un murciélago*!

—¡No te pares! —le avisó Theo—. ¿Dónde nos escondemos?

—En la biblioteca —propuso Alexander. Él siempre se sentía a salvo en las bibliotecas y la de Diversión a Caudales les había sido de ayuda. Encontraron las escaleras por las que subieron a rastras el baúl y las subieron hasta la última planta. Empujaron la primera puerta del pasillo y vieron una pila de cajas de madera largas y estrechas.

—¡Esta no es! —dijo Alexander en un tono de voz entrecortado por el estrés. *No* quería esconderse en el armario de los ataúdes.

Theo abrió la siguiente puerta y se sintió inmediatamente mejor.

—Aquí estaremos a salvo —afirmó al mismo tiempo que cerraba la puerta y se apoyaba contra ella.

Alexander se dio la vuelta y miró la habitación con un suspiro de alivio. Nunca sucede nada malo en las bibliotecas.

Aunque, por desgracia, siempre hay una primera vez para todo.

CAPÍTULO

VEINTISIETE

L a biblioteca era todo lo que se esperaba de una biblioteca, es decir, estaba llena de libros. Cualquier otra cosa que hubiera en una biblioteca no era más que un extra. Por suerte, esta biblioteca también tenía muchos extras. Las estanterías llegaban desde el suelo hasta el techo, que, como todos los del hotel, tenía vigas de madera que se entrecruzaban. Había muchas sillas de piel para leer y muchas ventanas amplias que llenaban el espacio de luz cálida. Los suelos de madera estaban amortiguados con alfombras rojas oscuras y, esta fue la parte que hizo que Theo explotase de alegría y que todos los pensamientos sobre vampiros y murciélagos la abandonaran del mismo modo que la noche hace que los murciélagos salgan de sus cuevas: *escaleras*.

Las estanterías tenían *escaleras*.

No cualquier tipo de escaleras. No banquetas con escalones o escaleras de metal normales, ni siquiera eran escaleras como las de las literas, que estaban soldadas en un sitio y no

201

podían moverse. No. Estas estanterías tenían *escaleras con ruedas*. Tenían ruedas en la parte inferior, y la parte de arriba estaba enganchada a lo largo de los estantes con pequeñas ruedas que se movían por un rail. Lo que se traducía en que alguien, Theo en este caso, podría impulsarse, agarrar una escalera y volar por los estantes hasta alcanzar la pared.

—Es preciosa —susurró, se sentía de forma parecida a como Alexander se sentía cuando miraba a Mina, una mezcla sobrecogedora de emociones que hacían complicado que funcionara correctamente. Tenía ganas de reír y llorar, pero, sobre todo, de subirse a una escalera y recorrer una de las paredes de libros y estantes.

Así que eso mismo fue lo que hizo.

Alexander no pudo ni regañarla para decirle que tuviera cuidado. Estaba pensando en muchas cosas: en que su hermana podría abrirse la cabeza o que la escalera podía desencajarse y ella podría caerse o que un libro descarriado podía sobresalir demasiado y golpear a Theo a su paso. Sin embargo, ni siquiera lo peor de todos los casos que Alexander era capaz de imaginar resultaba tan *malo*, cuando la alegría genuina de Theo por poder cumplir un sueño, que no sabía que tenía, entraba en juego.

—¿Quieres probarlo? —le preguntó Theo falta de aliento, feliz y queriendo compartir esa experiencia con su hermano.

—Luego. —Por muy alucinantes que las escaleras de las bibliotecas fueran, estaban metidos en un buen lío. Tenía que concentrarse. Alexander caminó con las manos en la espalda—. Esta es la biblioteca del hotel. Lo que significa que fue la familia de Mina quien la abasteció y, ahora que ya sabemos que Mina sabe lo de los murciélagos vampiro y, por tanto, lo de los potenciales vampiros, tenemos que asumir que sabe más cosas. Y que no va a querer contárnoslas. —Alexander suspiró. Le entristecía pensar en Mina de esa forma. ¿De verdad se había equivocado tanto con ella?

Theo asintió.

—Seguro que aquí encontramos algo. —Seguía recorriendo las estanterías de un lado hacia el otro de la habitación montada en las escaleras, solo que esta vez con un desenfreno menos insensato. Estaba mejorando en eso de ser sensata. Les echó un vistazo a los títulos de los libros mientras recorría cada uno de los estantes subida en las escaleras. Luego bajó un escalón y repitió la operación con los estantes del siguiente nivel. Había muchos títulos, muchísimos. Se trataba de una excelente biblioteca y en otra circunstancia en la que no hubiera vampiros se deleitaría.

Bueno, no, eso no era cierto. En otra circunstancia en la que no hubiera vampiros se pasaría el día subida a la escalera. Al menos ahora también podía subirse en la escalera mientras seguía buscando entre los títulos de ficción un libro que pudiera servirles de ayuda.

Alexander se fijó en la pared de enfrente. También tenía una escalera, pero él escogió buscar de la manera tradicional: con los pies en el suelo. No se fiaba de ser capaz de leer mientras se preocupaba de no caerse o de no romper algo.

Al contrario que los estantes de Theo, este grupo parecía estar menos orientado a la consulta de los huéspedes. Había menos novelas de misterio, suspense, amor y gráficas. Los libros de esta estantería eran viejos. Muchos eran libros de texto de décadas pasadas, parecía como si alguien hubiera sido incapaz de deshacerse de un solo libro, ni tan siquiera de *Hematología 101*, que no daba la impresión de ser una lectura apasionante. Alexander no estaba seguro de saber lo que era la hematología más allá de que se trataba de la ología de la hemat-. También había una copia de *La historia de los campamentos de verano y las inexplicables desapariciones de varios campistas en las regiones del lago montañoso*. No era un libro que él se plantearía escoger nunca para leer, parecía tétrico. Juró no ir a un campamento de verano en las regiones del lago montañoso.

Estaba paseando los dedos por los lomos de los libros al mismo tiempo que se preguntaba si alguno iba a serles realmente útil cuando se detuvo.

—Theo —la llamó.

Ella terminó su último recorrido y se volvió hacia él mientras retrocedía con la escalera.

—Dime.

Alexander sacó el libro. Estaba bien encuadernado, las letras del título estaban tan agrietadas que la mitad era ilegible, pero lo que pudo ver le sirvió para confirmar sus peores y más inimaginables miedos.

En el lomo del libro se leía *El cuidado y la crianza de los vampir-* el resto de las letras estaban borradas, pero Alexander pudo rellenar los huecos sin problema.

Vampiros. El cuidado y la crianza de los *vampiros*.

—¡Teníamos razón! —celebró Theo. Luego se detuvo—. ¿Teníamos… razón? —Incluso cuando había estado asustada porque hubiera vampiros, no había creído *realmente* en su existencia. Una cosa era tener miedo a los fantasmas o al monstruo de debajo de la cama o al caimán que puede aparecer y morderte el culo si tiras de la cisterna cuando aún estás sentado en el retrete. Otra cosa era creer de verdad y a pies juntillas en su existencia. Por supuesto que es posible que aguantes la respiración al pasar por un cementerio o que apagues la luz y te metas en la cama lo más rápido posible o que siempre siempre, te asegures de estar a una distancia prudencial del retrete antes de tirar de la cisterna, pero todo eso era *por si acaso*, no porque de verdad creas en la existencia de esas cosas.

Alexander sostuvo el libro alejado del cuerpo, como si, al igual que un caimán del retrete, pudiera morderle.

—Estaba con todos estos libros de texto.

—La sección de los libros de no ficción —señaló Theo. Alexander y ella intercambiaron una mirada llena de significado. A menos que se tratara de un enorme error de confusión de estante en una biblioteca muy bien organizada, quienquiera que hubiera colocado *El cuidado y la crianza de los vampiros* en la sección de libros de no ficción pensaba que se trataba de un libro basado en hechos reales.

—Creo que tú y yo deberíamos ¡AY, NO, AHORA NO! —exclamó Alexander, que estaba mirando al techo ojiplático justo a donde Lucy, la hermana de Mina, la del cuadro, la que se les había aparecido tanto a Theo como a Alexander en lo que ahora ellos sabían que no fueron sueños y la niña pequeña que de ninguna e impepinable manera estaba en el *spa* y muy posiblemente no estuviera ni viva, les estaba saludando tranquilamente.

CAPÍTULO

VEINTIOCHO

T heo y Alexander corrieron. Rápido. Salieron de la biblioteca, recorrieron el pasillo, bajaron las escaleras, recorrieron otro pasillo, atravesaron el vestíbulo, recorrieron otro
pasillo y por fin llegaron a la sala decepcionante, donde se es-
condieron tras un montón de pelotas de pilates grandes y medio infladas.

—Lucy sí que está —dijo Theo.

—Y puede subir por las paredes. Y colgarse del techo.

—¡Todas las veces que Mina gritaba!

—Excepto cuando nos gritaba a nosotros de verdad, ¡le
estaba gritando a Lucy! Y esta mañana, cuando estaba hablando sola en la cocina. Seguro que no se *estaba* hablando a
sí misma.

—Puede que anoche estuviera con Lucy —comentó
Theo.

—En cualquier caso, Lucy está aquí y la persona a cargo,
el Conde, no lo sabe, así que Mina ha estado escondiéndola.

¿Por qué haría Mina eso si no tuviera un buen, y con buen quiero decir que en realidad es malo, motivo? Como, por ejemplo, ¿un motivo vampírico? —Alexander se había escondido el libro de los vampiros en el bolsillo de la chaqueta y se le clavaba en el costado cuando se agachaba. Quería leer sobre los vampiros, pero Mina y Lucy podían encontrarlos en cualquier momento.

—A ver, se apellidan Sanguíneo. Tendríamos que habernos dado cuenta. El Conde nos dijo que era peligroso salir por la noche y nos encerraban. A pesar de que no funcionara. Y Quincy nos advirtió de que no entráramos en el laberinto. Puede que ese fuera el motivo por el que quisieran que nos moviéramos en grupo. Cuanta más gente, mayor seguridad.

—Yo pasé mucho tiempo solo en la cocina. —Alexander se estremeció al pensar en todas las veces en las que podrían haberle mordido—. Estoy bastante seguro de que Lucy estuvo dentro del armario en más de una ocasión bebiéndose el brillante zumo de las cerezas al marrasquino. Tuvo que entrar y salir convirtiéndose en vapor, no sé, o algo parecido. El cómo lo hiciera no importa. Tenemos que encontrar a Wil y salir de aquí.

—No, tenemos que derrotar a los vampiros, salvar a todos y encontrar lo que la tía Saffronia necesita —discrepó Theo.

Un plan estaba basado en la prudencia; el otro, en la valentía, pero ambos eran razonables. Bueno, no. Solo el de escapar era razonable. Si alguien se encuentra alguna vez en un hotel rodeado de vampiros, huir es sabio.

Alexander sacudió la cabeza. De nuevo, el consejo de su madre fue de todo menos de ayuda. Si él era prudente y Theo era valiente, tomarían decisiones distintas y lo que estaba claro era que no podían dividirse.

—Tomemos la decisión que tomemos, primero hay que ayudar a Wil. ¿Cómo curamos la mordedura de un vampiro?

—¿Con la luz del sol?

—Abriremos las cortinas, pero ¿y si con eso no basta?

Theo chasqueó los dedos.

—¡Con ajo! —Sacó el bote de sal de ajo del bolsillo—. ¡Gracias, Quincy!

—Perfecto —reaccionó Alexander—. Creo que en las películas también utilizan agua bendita.

—Eso me resulta confuso —contestó Theo—. ¿Qué convierte el agua en bendita? Y, además, ¿quién nos asegura que el agua fuera bendita y no bonita? Lo mismo se referían a un agua llena de burbujas, es decir, quizás hablaban de agua con gas.

—O simplemente hablaban de agua, es decir, de la de grifo que no es más que agua. —Alexander llenó un vaso de agua de grifo, de esa que no es más que agua. Salvarían a Wil y luego convencería a Wil y a Theo para que se fueran. Una cosa era pasar la noche en un parque acuático para encontrar a la gente que desaparecía en él y otra pasar la noche en un lugar repleto de vampiros.

Mientras vigilaba el pasillo, Theo le hizo un gesto a Alexander para que la siguiera. Corrieron a toda velocidad por el siniestramente silencioso caspallo. Los niños estaban con Quincy, y los adultos estaban con el Conde. Al menos estarían a salvo si estaban con él. No parecía estar en el mismo bando que Mina y Lucy.

—Puede que ese sea el motivo por el que el Conde puso a Quincy a cargo de todos los niños. Para mantenernos alejados de Mina —comentó Theo.

—Es posible —respondió Alexander al mismo tiempo que abría la puerta de Wil con cuidado para no derramar el agua y entraron. Las cortinas estaban cerradas de par en par, todo el espacio lucía tan sombrío como un cementerio encantado al anochecer. Wil seguía envuelta en las sábanas, no se le veía ni la cara.

—Tú te encargas de las cortinas; yo la rocío con el ajo —susurró Theo.

—¿Seguro que esto es buena idea? —Alexander no se había parado ni un minuto a pensar en lo que supondría salvar a una hermana adolescente de una existencia inmortal. ¿Estarían tomando la mejor decisión?

—Debemos hacerlo —le respondió Theo con voz solemne y decidida. Ningún malvado vampiro iba a arrebatarle a su hermana—. A la cuenta de tres.

Alexander asintió. Agarró con firmeza las cortinas al mismo tiempo que miraba por encima del hombro.

—Una… —Theo desenroscó la tapa del bote de sal de ajo.

—Dos… —susurró Alexander apuntalándose como si estuviera a punto de participar en una carrera y no supiera lo que encontraría tras la línea de meta.

—¡Tres!

Alexander abrió las cortinas de par en par. Wil se incorporó, las sábanas cayeron y le descubrieron la cara, tenía los ojos rojos y adormilados y no dejaba de parpadear.

—¡Aaah! —gritó Theo al mismo tiempo que vaciaba todo el contenido del bote de sal de ajo sobre su hermana.

Wil gritó y se frotó la cara.

Acababan de salvar a su hermana… *¿o de destruirla?*

VEINTINUEVE

Los gritos de Wil asustaron a Alexander, así que empezó a gritar, cosa que hizo que Theo gritara también. Sin embargo, ambos pararon antes que Wil.

—¡Os voy a matar, tontos! —bramó Wil.

—¿Porque eres un vampiro? —preguntó Alexander horrorizado. La luz de la ventana solo parecía enfadarla y el ajo no estaba teniendo mayor efecto que el de hacerla estornudar y llorar.

—¡Porque me habéis despertado lanzándome sal de ajo en la cara! ¡Apesta!

Alexander le tendió el vaso de agua. Wil lo tomó y se lo tiró en la cara mientras pestañeaba para deshacerse de la sal que le había entrado en los ojos.

—¿Se puede saber qué os pasa?

Theo se cruzó de brazos, imitando la pose de estás-metida-en-un-buen-lío de su madre.

—¡Sabemos que te mordieron! Te estás convirtiendo en un vampiro, pero no vamos a dejar que eso pase.

—¿Qué es lo que me ha mordido? —preguntó Wil.

—Es probable que haya sido un murciélago vampiro. —Alexander se sentó en el borde de la cama y señaló hacia la ventana—. Vimos a uno colgado ahí fuera. Tendríamos que haber hecho algo más para protegerte. Lo siento muchísimo.

—¡Que no me ha mordido nada!

Alexander negó con la cabeza. Mentir no era propio de Wil. Probablemente estuviera relacionado con los poderes de vampiro que se estaban apoderando de ella.

—Te vimos las marcas del mordisco en el cuello.

Si no fuera porque Wil ya estaba cubierta de agua y de sal de ajo, habrían visto el gesto de enfado que indicaba que estaba molesta, avergonzada y casi lista para chuparle la sangre a cualquiera.

Wil se llevó la mano al cuello.

—¿Esto de aquí? —preguntó.

Theo asintió.

—No te preocupes. Descubriremos cómo salvarte. Te lo prometo.

Wil volvió a recostarse sobre la almohada, luego se cubrió la cara con ella y gritó antes de apartarla lentamente. Theo y Alexander fueron conscientes de que estaba haciendo un gran esfuerzo por mantener la calma. Incluso siendo un vampiro, Wil era una buena hermana mayor. Tendrían que haberla apreciado más cuando seguía siendo humana.

—Esas marcas —explicó Wil con los dientes apretados— son —continuó incorporada y mirando al techo con desesperación— *espinillas*.

—¿Cómo? —preguntó Theo.

—¿Qué? —repitió Alexander.

—¡Que son espinillas, tontitos! Gracias por daros cuenta. Ha sido bastante complicado mantener mi rutina de cuidado facial con todo este sinvivir, ¿vale? ¡Y llevo un tiempo muy estresada!

—Pero tú... duermes por el día y no estabas en tu habitación en mitad de la noche y no te gusta la luz y... —enumeró Alexander.

Wil señaló a Rodrigo.

—La señal wifi funciona mejor por la noche porque no hay nadie más utilizándola. Estaba despierta, trabajando.

—¿Trabajando en qué? Es *verano.* —Si Theo fuese un vampiro, se aseguraría de tener un montón de excusas de peso con las que justificar su comportamiento vampírico. De hecho, ella sería una vampira estupenda. Casi que la mejor. No es que fuera una competición, pero si lo fuera, Theo estaba segura de que ganaría.

—Da igual —murmuró Wil—. No le deis más vueltas, ¿vale? Y tampoco le deis más vueltas al tema de los vampiros. No existen. A todo esto, ¿qué habéis estado haciendo vosotros? Os habéis vuelto locos.

—No, ya no estamos en el parque acuático. No hay locos sueltos. —Alexander negó con la cabeza—. Aunque Theo se ha descolgado por un barranco.

—¿Que has hecho *qué?*

—Es una historia muy larga —intervino Theo quitándole importancia.

Wil se restregó la cara para limpiarse los restos de la suciedad de la sal de ajo.

—Bueno. Vale. Tened más cuidado. No quiero volver a escuchar nada sobre barrancos. Y no os preocupéis por mí. Os prometo que puedo cuidar de mí misma. Si acaso, sería yo quien tendría que estar cuidándoos a vosotros. Parece que lo necesitáis más que yo. —El teléfono de Wil sonó, lo miró y volvió a perderse en Rodrigo.

—Bueno. Vale, vamos a ir a tallar algunas estacas de madera —dijo Theo.

—Y a encontrar a los aldeanos más cercanos que tengan horcas y antorchas —añadió Alexander.

—Puede que incluso nos crezcan alas de murciélago y colmillos mientras lo hacemos.

—Sí, vale, pasadlo bien —contestó Wil a modo de despedida.

Alexander siguió a Theo hasta el pasillo.

—¿Y bien? —empezó—. ¿Qué opinas?

—Que si yo fuera un vampiro, lo negaría.

—No, no lo harías —replicó Alexander—. Se lo restregarías a todo el mundo.

Theo se rio.

—Sí, es cierto. Y Wil es muy sincera. O, al menos, solía serlo. —Theo contempló la puerta. ¿Por qué Wil no les contaba lo que estaba tramando? ¿A qué se refería con que estaba trabajando?

—No creo que sea un vampiro. —Alexander estaba seguro de ello o, al menos, tan seguro como podía estarlo. Esto significaba que su hermana estaba a salvo. Habían sido prudentes y se habían encargado de ella primero, lo que le hacía pensar que ahora podrían tomar una decisión valiente. Después de todo, una cosa era huir para salvarte tú y otra, huir para salvarte tú dejando atrás a amigos como Quincy, Eris, los J y Ren. Bueno, Ren no era un amigo de verdad, pero ni siquiera él merecía que lo convirtieran en vampiro, y tampoco los dos bebés pegajosos. Convertirse en vampiros era la única manera de que esos dos pudieran resultar más escalofriantes o traviesos de lo que ya eran.

—Vamos a leer el libro de los vampiros —propuso Alexander—, a ver si nos da alguna pista sobre cómo lidiar con ellos.

Estaban andando por el pasillo cuando una figurita cayó desde el techo. Lucy se quedó de pie delante de ellos, vestía un camisón blanco. El pelo, dorado, parecía estar casi flotándole alrededor de la cara y los ojos, grandes y oscuros, los observaban sin parpadear. Tenía la piel tan pálida como la nieve, solo los labios resaltaban, ya que eran más rojos incluso que los del Conde. Jugaba con el yoyó de Alexander, lo hacía bajar, subir y luego hizo con él un amplio movimiento circular para evitar que pudieran pasar. Los mellizos se dieron la vuelta y empezaron a correr en la otra dirección, pero se encontraron con que Mina les estaba cortando el paso por allí.

—Tenemos que hablar —dijo Mina con los brazos cruzados.

—Sabemos tus secretos —le dijo Alexander al mismo tiempo que le mostraba el libro a modo de prueba.

—Lo habéis adivinado entonces —replicó Mina, que relajó los hombros. No parecía estar enfadada, tener aires de grandeza, ni siquiera parecía mala. Simplemente lucía triste—. Supongo que se acabó. He tratado de todas las maneras de ocuparme yo sola de todo. Lo siento, Lucy.

Alexander se preguntó si sería una estratagema. Sacó pecho decidido a no dejarse engañar, aunque se sintiera mal por Mina y quisiera ayudarla a volver a ser feliz.

—Así es —reafirmó tratando de sonar seguro de sí mismo—. Sabemos que sois vampiros.

—¿Qué? —respondió Mina al mismo tiempo que a Lucy se le escapaba una risita a sus espaldas.

—¡Y sabemos cuál es el nombre de tu sexto animal favorito en inglés! —exclamó Theo triunfante, pero cuando se dio la vuelta, Lucy había desaparecido—. ¡Son los murciélagos! —gritó Theo.

Lucy, con tono de decepción, les contestó desde la oscuridad que se cernía sobre ellos.

—No, no es ese.

Theo se tiró de los pelos de la frustración.

—¡Los ocelotes! ¡Los pangolines! ¡Las mantarrayas! ¡Las tortugas! —Sin embargo, Lucy ya se había marchado. Seguramente se habría convertido en murciélago, vapor o en cualquier otra cosa molesta similar.

—Dadme el libro, por favor —les pidió Mina tendiéndoles la mano. Temeroso de lo que les haría si no lo hacían, Alexander se lo entregó—. Es hora de que os enteréis de todo. —Mina abrió el libro y Alexander y Theo contuvieron la respiración.

CAPÍTULO

TREINTA

ay un viejo dicho que dice «No se puede juzgar a un libro por la portada» y cuya enseñanza es que no se puede prejuzgar a la gente solo por su apariencia y, en la
mayoría de los casos, es cierto. Lo mismo conoces a un hombre parecido a un buitre americano cabecirrojo y termina
siendo una persona de lo más agradable y preocupada por la
seguridad de los niños en lugar de ser un ave carroñera en
busca de cadáveres que terminar de limpiar. O quizá conoces
a una adolescente preciosa llamada Mina en quien quieres
confiar porque es un encanto y luego resulta que podría ser
un vampiro, así que no deberías sacar conclusiones hasta co-
nocerla mejor para, así, evitar que tu flechazo determine si
vas a seguirla o no escaleras abajo hasta una cueva repleta de
murciélagos.

Aunque cuando este dicho se aplica a los libros, no es
nada peligroso eso de juzgarlos por la portada. Un buen
número de artistas con talento se encarga de diseñar las

portadas con mucho cuidado precisamente para que las juzguen. «¡Por favor! —gritan desde las estanterías—. ¡Júzgame como algo que te gustaría leer! ¡Júzgame como a tu libro preferido!». Normalmente las portadas y los títulos de los libros te dan mucha información sobre lo que necesitas saber de un libro.

Aunque, en el caso de *El cuidado y la crianza de los vampir-*, la portada no te contaba realmente la historia o, al menos, toda la historia.

Mina abrió el libro por la página del título y se la mostró a Theo y a Alexander.

—*El cuidado y la crianza de los... ¿murciélagos vampiro?* —leyó Alexander—. Es un libro sobre cómo ayudar a sacar adelante a una colonia de murciélagos vampiro. —Ahora tenía muchas más preguntas que antes.

—Entonces vuestros murciélagos también son vampiros. ¡Lo sabía! —exclamó Theo, Luego hizo una pausa y su sentimiento de triunfo mermó. Veía muchos documentales con su padre. Su preferido se llamaba *Colmillos, Pelaje y Aletas* y trataba sobre clasificar qué animales ganarían en peleas inventadas. Nunca había visto nada sobre murciélagos vampiro porque no luchaban—. Un momento. Los murciélagos vampiro no son nada peligrosos para los seres humanos, ¿no?

Mina asintió.

—Son criaturas mansas y dóciles que necesitan muy poca sangre para sobrevivir, no hacen daño a los animales de los que se alimentan y se cuidan entre ellos.

—Entonces, en la cueva... —trató de sonsacar Theo.

—Es nuestra colonia. —Mina sonrió y el gesto de la cara se transformó en uno de cariño—. Mi tatarabuela los trajo de Sudamérica hace mucho tiempo. Mi familia se ha encargado de cuidarlos y estudiarlos desde entonces. Y de mantenerlos en secreto. Existen muchos prejuicios contra los murciélagos, sobre todo contra los del tipo vampiro. La gente no entiende que porque un nombre sea aterrador, aquello a lo que nombra tiene que serlo —les explicó Mina Sanguíneo a Alexander y a Theo Sinister-Winterbottom.

—¿Querías mantenerlos en secreto porque te preocupaba que la gente se asustara? —le preguntó Alexander.

—En parte sí, pero lo cierto es que... —Mina se retorció las manos—. Bueno, lo cierto es que los mantengo en secreto por el Conde. Sé que técnicamente todo lo que se encuentra en los terrenos del Spa Sanguíneo le pertenece, pero esto es lo último que me queda de mis padres. No podía entregarle su investigación. No sé lo que haría con ella o cómo trataría a los murciélagos. Ya ha hecho muchos cambios en el *spa* y no soportaría que también se encargara del laboratorio.

—Espera, ¿el laboratorio? —A Theo le invadió la curiosidad—. Te refieres a ¿un laboratorio secreto?

—Sí, justo a eso. Verás, además de dirigir el Spa Sanguíneo mis padres eran médicos. Los murciélagos vampiro tienen una propiedad especial anticoagulante en la saliva, que tiene el potencial de ayudar a gente que tiene determinados problemas sanguíneos. Gente como Lucy.

—¿Lucy es una persona? —preguntó Theo realmente sorprendida.

Mina se rio.

—Por supuesto que lo es.

—Pero... aparece y desaparece y, a veces, no es más que una voz etérea, además ¡trepa por las paredes!

—Bueno, es que es una persona muy coordinada y se conoce el hotel mejor que nadie. Conoce todo tipo de trucos para merodear. Veréis, lo cierto es que Lucy es alérgica a la luz del sol.

En más de una ocasión, Theo había deseado ser alérgica a algunas cosas como, por ejemplo, a la berenjena, alimento que su madre insistía en que era un buen sustituto de la carne en las comidas, tema con el que Theo no estaba para nada de acuerdo, además de a los deberes, algo a lo que Theo estaba bastante convencida de *ser* alérgica, ya que cada vez que intentaba sentarse para hacerlos terminaba sintiéndose nerviosa e incómoda y tenía que levantarse para moverse; sin embargo, la luz del sol era algo que Theo nunca había deseado tener que evitar debido a una alergia.

—Menudo fastidio —comentó Theo.

—Sí que lo es —concordó Mina—, y eso significa que tiene que estar muy bien supervisada, ya que no siempre toma las mejores decisiones.

—Como todas esas veces en que le gritabas al techo.

—Exacto —admitió Mina con un suspiro pesado—. Sabía que sin mis padres, no me dejarían quedarme con Lucy, pero no conocía a nadie más que pudiera hacerse cargo de ella de la misma forma que yo, así que le mentí al Conde y le dije que se había ido y Lucy acordó esconderse para que nadie supiera que seguía estando aquí, pero no es que haya hecho un buen trabajo. Se siente sola y parecer ser que los dos le caéis bien.

—Solemos tener ese efecto —dijo Theo al mismo tiempo que asentía.

—En cualquier caso, además de su alergia al sol, también tiene problemas… en la sangre. Y las esperanzas estaban puestas en la colonia de los murciélagos y en la investigación de mis padres. Ellos creían que, en algún momento, serían capaces de curar los problemas de Lucy, así que he continuado con su trabajo. He revisado todas sus notas y aprendido todo lo que necesitaba, pero el Conde me mantiene tan ocupada con el *spa* que entre el trabajo y cuidar a Lucy, casi no tengo tiempo para los murciélagos. ¡Los echo mucho de menos!

—¿Son como tus mascotas? —Theo quería un perro, un gato o un dragón de Komodo, pero nunca se había parado a pensar en la posibilidad de tener un murciélago como mascota.

—No, nos limitamos a observarlos y a asegurarnos de que están sanos. Son unas criaturas muy delicadas y sensibles. Además de buenas. Se ayudan entre ellos. Adoptan a los bebés murciélagos que se quedan huérfanos o, si un murciélago no encuentra alimento por la noche, los demás comparten el suyo para que no se muera y así poder seguir estando todos *juntos* —les explicó Mina con los ojos llorosos.

Alexander y Theo jamás habían pensado que se identificarían tanto con unos ratones difusos y voladores que bebían sangre para sobrevivir, pero fueron incapaces de evitar que toda esa información les afectara.

—Yo compartiría mi sangre contigo —le dijo Theo a Alexander al mismo tiempo que le daba un codazo.

—Qué asco, pero yo también.

—De todos modos, ¿estás segura de que no hay ningún vampiro? —inquirió Theo—. Entramos en el *spa* y vimos unos viales rojos, además de que los padres parecían estar inconscientes.

Mina negó con la cabeza.

—Puedo decir con total seguridad que no hay vampiros, pero yo tampoco termino de entender lo que está pasando en el *spa*. El Conde está obsesionado con esos batidos, y no me dice lo que llevan. Hablando del Conde, será mejor que devolvamos el libro a su sitio. No quiero que descubra lo de los murciélagos, al igual que tampoco quiero que se entere de lo de Lucy. —Hizo una pausa—. Siento tener que pediros que guardéis secretos que ni siquiera son vuestros. Entendería que no quisierais hacerlo.

—¡Sí que queremos! —soltó Alexander, que se sentía aliviado por no haber juzgado mal a Mina por su portada, así como del hecho de que, al parecer, no había vampiros aterradores. Solo unos vampiros difusos voladores que no eran ninguna amenaza y unas pequeñas alimañas. Sin embargo lo que más le aliviaba era saber que Mina no era malvada y que podía seguir sintiendo esas extrañas palpitaciones por ella.

Siguieron a Mina hasta la biblioteca, donde con mucho cuidado devolvió el libro a su estante.

Theo se subió a la escalera, ya que no podía *no* estar en la escalera si se encontraba en esta biblioteca.

—¿Entonces, si no hay vampiros, qué es lo que Quincy y el Conde querían que encontráramos?

—Oh, no. —Mina se cubrió la boca con las manos.

Alexander se dio cuenta al mismo tiempo.

—Para eso está utilizando el *spa*. Ya está experimentando con los padres. Lo único que le falta son la investigación de tus padres y el laboratorio, pero no sabe dónde están.

Mina asintió.

—Creo que tienes razón. ¿Qué vamos a hacer?

—Le diremos a los adultos que están siendo sometidos a un experimento médico en vez de a los mimos por los que están pagando —respondió Theo, que se encogió de hombros, ya que era algo que le resultaba obvio—. ¡Mirad! Hablando de vampiros, ¡aquí tenemos al mismísimo Drácula! —Entre risas, Theo agarró el lomo de *Drácula*, la novela clásica de Bram Stoker, y tiró de él.

Sin embargo, en vez de sacar el libro de la estantería, la estantería se abrió de par en par.

TREINTA Y UNO

—¿Eso es una biblioteca secreta? ¿*Dentro* de la biblioteca? ¿Una biblioteca en una biblioteca! —preguntó Alexander. Al igual que Theo nunca se había imaginado que existiera una biblioteca con escaleras con ruedas incorporadas a las estanterías para divertirse, Alexander nunca se había imaginado que las bibliotecas pudieran ser más bibliotecarias de lo que ya lo eran.

Mina entró con los ojos bien abiertos por la curiosidad.

—¡No sabía de la existencia de esta habitación!

—Últimamente encontramos muchas habitaciones ocultas. Siempre pensamos que son almacenes y luego descubrimos que no lo son —comentó Theo encogiéndose de hombros. No le emocionaba tanto lo de la biblioteca secreta. No tenía ninguna escalera, ni de ruedas ni de cualquier otro tipo. Había una mesa larga con una lámpara ornamentada en el centro. La habitación no tenía ventanas ni ninguna otra puerta. Era como si hubiera sido diseñada para que no la encontrasen o al menos para mantener su contenido protegido de cualquier cosa que pudiera dañarlos como, por ejemplo, la luz del sol.

Mina avanzó y tiró de la cadena de la lámpara. Estaba decorada con un delicado patrón de murciélagos hechos con cristales policromados. Los murciélagos formaban una línea dispuesta alrededor del borde de la pantalla de la lámpara. Una vez que la luz se proyectó a través de los murciélagos y los cristales color rojo sangre, los intrépidos exploradores vieron que sobre la mesa había varios libros. Eran grandes, estaban decorados y encuadernados con piel gruesa y pesada además de... *cerrados con llave.*

—¿Quién le pone una cerradura a un libro? —preguntó Theo. Últimamente ya había tenido que apañárselas con bastantes cerraduras. Sacó la cuerda del bolsillo y empezó a retorcerla, ya que estaba empeñada en, al menos, dominar una de las habilidades. ¿Cómo se aprendía a forzar cerraduras? A lo mejor había un libro en la biblioteca principal que hablara sobre ello.

—Sinister —susurró Alexander.

—Sí —concordó Theo, que lo había escuchado mal—. Lo de ponerle una cerradura a un libro *es* siniestro. ¿Qué creen que van a hacer las páginas, salir corriendo?

—No —le contestó Alexander al mismo tiempo que le señalaba la portada del primer libro. Grabado en la piel y relleno de dorado se leía el nombre SINISTER.

Theo frunció el ceño.

—Ese es nuestro apellido o al menos el apellido de mamá y el de la tía Saffronia.

—*Sanguíneo* —leyó Mina acariciando con los dedos la portada de otro de los libros—. ¿Por qué tendrían un libro con nuestro apellido y una cerradura? —Todos los libros que estaban sobre la mesa tenían una cerradura, no solamente los de los Sanguíneo y Sinister.

—¡Ese pone *Widow* en la portada! —dijo Theo mientras rodeaba la mesa para leer el resto de las cubiertas. Eran las únicas palabras que aparecían y sospechaba que todos eran apellidos—. Ese es el apellido de Edgar. ¿Por qué tendrían un libro sobre la familia que dirige el parque acuático?

—¿Por qué tendrían un libro sobre nosotros? —preguntó Alexander.

—¿Por qué tendrían una reserva permanente para los Sinister en el *spa*?

—¿Por qué…? —la voz de Alexander se fue apagando—. Bueno, no se me ocurren más por qué. Esos por qué ya son lo suficientemente gordos. —Se acercó más al libro Sinister. Había unas letras diminutas grabadas en el metal que rodeaba a la cerradura, pero eran demasiado pequeñas como para que pudiera leerlas. Encontró lo que buscaba cuidadosamente enganchado al lomo del libro: una lupa. Era un objeto precioso, con un mango de latón decorado y un cristal clarísimo. Alexander lo separó del libro y se lo acercó a los ojos. Theo se rio. La lupa hacía que uno de los ojos de Alexander fuera el doble de grande que el otro. Hasta en el iris tenía pecas, el ojo era marrón con motas verdes.

—No te quito ojo —bromeó Theo.

—Ya lo veo —le respondió Alexander—, pero ¿ves alguna llave por aquí?

Mina se dedicó a buscar por debajo de la mesa y en la parte de arriba de las estanterías, mientras Theo agitaba con fuerza el libro de los Widow para ver si caía algo. Una llave, a ser posible.

—Anda. —Alexander bajó la lupa para leer las palabras que estaban grabadas en la cerradura. Quizá le decían cómo abrirlo, pero antes de que pudiera descifrarlas, los interrumpieron.

—Si no me equivoco —dijo una voz en el exterior—, tiene que haber una biblioteca dentro de la biblioteca y... —Wil entró. Abrió los ojos sorprendida de ver a sus hermanos y a Mina en el interior de la biblioteca dentro de la biblioteca. Bajó a Rodrigo y le colgó el teléfono a la persona con la que estaba hablando—. ¿Cómo...? ¿*El libro de los Sinister?* —preguntó Wil y la forma en que lo dijo, muy concentrada y sabiendo de lo que hablaba, hizo que Theo y Alexander sospecharan que estaba pronunciando todas y cada una de las palabras como si fuera el título del libro y que, de algún modo, ella ya sabía de su existencia.

Si a Alexander y a Theo les quedaba alguna duda de que Wil estaba tramando algo, en ese momento dejaron de tenerla, porque metió a Rodrigo en el bolsillo.

Metió.

A Rodrigo.

En.

El.

Bolsillo.

Wil pasó rápidamente por su lado y observó los libros mientras acariciaba las cubiertas con los dedos y leía los títulos en voz baja. Alexander se metió la lupa en el bolsillo, ya que no quería que se arañara sobre la mesa.

—Sanguíneo, Widow, Hyde, Siren, Stein, Graves y Sinister. Están todos —dijo Wil—. ¡Todos! Por fin. —Wil se rio y movió la cabeza aliviada.

—¿Cómo es que conoces los libros? —le preguntó Mina—. Yo ni siquiera sabía que estaban aquí.

—Luego os cuento, cuando tengamos tiempo —le respondió Wil y tendió la mano—. Dadme las llaves. Tengo que abrir este.

—No las tengo —replicó Mina.

Wil soltó un gruñido lleno de rabia.

—¡Ahora que tengo los libros, no tengo las llaves! Siempre pasa algo. Vale. Si fuerais una llave perdida, ¿dónde estaríais?

—¡Lucy! —exclamó Mina al mismo tiempo que chascaba los dedos—. Siempre encuentra las cosas que se pierden. De hecho, suele ser quien las hace desaparecer, pero si…

—Se lo habéis contado —dijo una voz, que solía ser amigable, en un tono de profunda traición.

Mina, Theo y Alexander se dieron la vuelta. Quincy estaba de pie en el umbral de la puerta de la biblioteca. Tenía los ojos anegados en lágrimas.

—Os dije que no le contarais a Mina que estabais buscando algo. Os dije que era importante. Pensaba que éramos amigos.

—Lo éramos —le contestó Alexander.

—Lo somos —añadió Theo—, pero hay muchas cosas que no sabes.

—No —replicó Quincy negando con la cabeza—. Hay muchas cosas que *vosotros* no sabéis y yo estaba intentando ayudaros, protegeros, pero… lo siento. —Dio un paso al lado. Detrás de ella apareció el Conde, que entró en la habitación como la Roomba más inoportuna del mundo que aspira la última pieza de Lego que necesitas para terminar una construcción y que, encima, es la más importante.

—¿Qué tenemos aquí? Mina, ya sabes que no se debe fisgonear —dijo el Conde mirándola con desdén—, y ¡vosotros! ¡Los niños Swinterbottom!

—En realidad es… —empezó Alexander, pero el Conde lo interrumpió.

—Está claro que necesitáis participar en más actividades en grupo. Yo… —Le sonó el teléfono y levantó uno de los extensos y huesudos dedos con la uña demasiado larga. La cara se le empalideció más todavía conforme respondía a la llamada—. ¿Dígame?… Entiendo. Estoy en ello. Yo… No, ya te lo dije, no llegaron a registrarse. ¡Después de todo es mi hotel! Me habría enterado si se hubieran registrado tres menores sin supervisión apellidados Sinister. Los únicos niños que han venido sin padres son Quincy y los Swinterbottom… Sí, los Swinterbottom… No, ya sé que es un apellido bastante extraño… Sí, puedo cambiar a videollamada.

Sostuvo el teléfono lejos de la oreja. Una voz profunda y desagradable que les resultó extrañamente familiar dijo:

—¿Se parecen a estos los niños Swinterbottom? —Alexander y Theo no pudieron ver lo que estaba haciendo la persona al otro lado de la llamada, pero tenían una sensación extraña en el estómago. Puede que estuviera haciendo gestos raros alrededor de la cabeza para recrear el pelo al estilo Albert Einstein de Theo. O puede que estuviera poniendo un gesto de preocupación extrema para recrear la expresión facial de Alexander. O puede que simplemente estuviera sosteniendo su propio teléfono sin apartar la mirada de él para recrear la pose constante de Wil. Lo que no sabían era que en realidad el hombre estaba sosteniendo un dibujo muy detallado de los hermanos Sinister-Winterbottom.

—Sí. Son ellos.

—No los pierdas de vista. Llegaré pronto. —La llamada terminó.

—No puedes dejarnos aquí —dijo Wil sin apartar la mirada de él y observándolo de manera desafiante. Tenía el libro de los Sinister apretado contra el pecho como si de un escudo se tratase.

—En realidad, sí que puedo. —El Conde sonrió mostrando sus innumerables y desagradables dientes—. No hay nadie que vaya a dar la cara por vosotros, nadie a cargo de vosotros, nadie que me vaya a dejar una mala crítica en Gulp. Lo que significa que *estáis* a mi cargo y ha sido así desde que os registrasteis en el hotel. Lo que significa que si decido encerraros aquí por vuestro propio bien, no hay nadie que pueda hacer nada al respecto. —Agarró a Mina y la hizo salir a la biblioteca principal para luego cerrar de golpe la puerta secreta.

Los hermanos Sinister-Winterbottom estaban encerrados.

CAPÍTULO

TREINTA Y DOS

Esto es culpa de mamá y papá. —Theo se sentó en la mesa y se hundió lentamente en el asiento. Había revisado toda la superficie de la pared, pero no hubo manera de encontrar el modo para abrir la puerta desde este lado. Se estaba convirtiendo en un mal hábito eso de quedarse encerrados en habitaciones secretas.

—¿Qué se supone que estamos haciendo aquí? —preguntó Alexander apoyándose con tristeza contra la superficie de la mesa. Se trataba de un *spa* familiar, de unas vacaciones *familiares*, y como ellos no estaban aquí como una familia al completo se habían quedado a merced de un hombre muy malvado. Su madre se equivocaba en la carta: ser valiente o prudente no tenía importancia. Nada la tenía. Todo este verano era un completo desastre y Alexander odiaba los desastres.

—¿Dónde están las llaves de estos libros? —Wil arañó las cerraduras con desesperación tratando de abrirlos haciendo palanca.

Alexander se movió y su bolsillo hizo un sonido metálico al golpear con la mesa, lo que le recordó que no estaba vacío. Sacó la lupa. ¿Por qué estaba enganchada al libro de los Sinister? En la parte inferior del cristal de la lupa, estampadas en el mango de latón, encontró las letras *A. S.* Sus iniciales. ¿Sería una coincidencia?

—¿Para qué se usan las lupas? —musitó en voz baja.

—Para prestar atención a los detalles de las cosas —respondió Theo, que estaba golpeando la cabeza contra la mesa. Las abejas de su interior se agitaban de manera descontrolada, ya que odiaban estar encerradas tanto como ella.

—¿Te acuerdas —empezó Alexander, la cabeza le iba a mil por hora—, de lo que la tía Saffronia nos dijo después de recogernos de Diversión a Caudales? Pensamos que lo que quería era que encontrásemos al señor Widow y que resolviéramos el misterio de lo que le había pasado, pero resultó que lo único que quería era que encontrases ese cronómetro.

Theo sacó el cronómetro de debajo de la camiseta y lo miró.

—Sí, fue extraño. Oye, ¿te dije que tiene mis iniciales grabadas?

—¿*Cómo?* —Alexander corrió hasta donde estaba Theo. Efectivamente, en la parte de atrás con letras en cursiva, iguales a las letras del objeto de Alexander, estaban las iniciales *T. S.*

Alexander sostuvo la lupa y se la enseñó a Theo.

—¿Crees que es esto lo que quería que encontrásemos? Nos dijo que necesitábamos ser capaces de prestar atención.

—¿Lo has encontrado enganchado al libro de los Sinister? —le preguntó Wil, que observó la lupa—. Pero no hay manera de poder usarla para abrir el libro. —Negó con la cabeza, se sentó y volvió a la tarea de intentar abrir la cerradura.

Theo miró las iniciales con *espanto*. Le encantaba la palabra «espanto». Era similar a una *sorpresa*, solo que espantosa. No solía sentir espanto muy a menudo, pero sabía perfectamente cómo se sentía ahora y cómo describirlo, lo que ya era un buen cambio.

—¿Estará la tía Saffronia mandándonos de vacaciones a estos sitios raros para que *robemos* cosas para ella? —Theo no podía creerlo. ¡La tía Saffronia se había hecho con tres niños para crear una red de robos ilocalizable! Si no fuera algo ilegal y malo, sería una auténtica genialidad. Theo ya podía imaginarse como una excelente ladrona de casas que usaba su nueva habilidad con el lazo para escalar por los edificios y su próxima habilidad forzando cerraduras para destruir incluso los mejores sistemas de seguridad.

—Pero tú no lo robaste —le recordó Alexander—. Edgar te lo regaló. Además, yo no me voy a llevar esto.

—Estoy segura de que Mina te dejaría quedártela. Ni siquiera sabía de su existencia y estaba enganchada al libro de los Sinister, no al de los Sanguíneo. Tiene, literalmente, nuestro apellido grabado.

—Sí, supongo —respondió Alexander, que estaba cansado. Estaba cansado de vagar por el hotel, de que les gritaran tanto directa como indirectamente. Estaba cansado de tener que preocuparse por los vampiros, por Wil y por Wil la vampiro. Estaba cansado de tener que descifrar las cosas sin la presencia de uno de sus padres. Estaba cansado de preguntarse qué era lo que de verdad quería la tía Saffronia de ellos, y por qué sus padres los habían abandonado con un familiar tan extraño, irresponsable y con una posible tendencia a robar.

El Conde tenía razón. Nadie los estaba cuidando en ese sitio. Nadie daría la cara por ellos. Estaban solos y él quería volver a casa.

—Wil, ¿puedo usar tu teléfono?

La prueba definitiva de lo desalentadoras, misteriosas y extrañas que eran las cosas que estaban pasando era que Wil se limitó a entregarle a Rodrigo y siguió centrada en intentar abrir el libro. Alexander marcó el número de la tía Saffronia, que era sencillo de recordar, ya que se parecía a una fecha, y esperó mientras comunicaba hasta que percibió esa extraña y sobrecogedora interferencia.

—¿Dígame? —contestó la tía Saffronia.

—Si hubiera encontrado lo que querías que encontrara, ¿nos recogerías antes de que terminara la semana?

—Si habéis encontrado lo que necesitamos, si ya podemos prestar atención, entonces no hay motivos por los que tengáis que permanecer en el Spa Sanguíneo. De hecho, podría resultar incluso peligroso. Debemos anteponer vuestra seguridad. Es lo que vuestra madre hubiera querido.

¿Desde cuándo la tía Saffronia anteponía su seguridad? ¡Los había dejado pasar la noche en un parque acuático dirigido por delincuentes! Los había abandonado en este *spa* sin ni siquiera entrar con ellos, comprobar el horario o saber si cuidarían de ellos. Cosa que desde luego no estaban haciendo. No les *quitaban ojo de encima*, pero eso era algo muy diferente.

Alexander bajó el teléfono.

—Va a venir a por nosotros —informó a Theo y a Wil. El Conde no podría mantenerlos encerrados una vez que su tutora llegara.

—¿Lo tienes? —repitió la tía Saffronia, la voz que sonaba distante se llenó de urgencia e incluso parecía sonar más cerca—. ¡Tenemos que darnos prisa! ¡Al siguiente!

—Pero —empezó Theo, que ahora se encontraba al lado de Alexander y también tenía la cabeza presionada contra el teléfono—, tenemos amigos aquí. Amigos que podrían seguir necesitando nuestra ayuda. —Porque estaba claro que Mina necesitaba su ayuda. El Conde la tenía y quienquiera que fuera a venir no parecía ser alguien preocupado por los intereses de Mina y Lucy.

—Si tenéis lo que necesitamos —repitió la tía Saffronia, su voz sonaba ahora tan clara como si estuviera en la misma habitación que ellos—, eso ya no importa. Llego en breve.

—*Escuchad a la tía Saffronia* —susurró Alexander.

—*Excepto cuando no debáis hacerlo* —terminó Theo recordándole a Alexander cómo seguía la carta. Lo pensaron juntos. Podían salir de este extraño y espeluznante caspallo. Podían dejarlo todo atrás. Podían deshacerse del Conde y no volver a verlo.

O podían quedarse y ver si existía alguna manera en la que de verdad pudieran ayudar a Mina, que era una buena persona y merecía que la ayudaran. Y que dependía de sí misma. No tenía padres que dieran la cara por ella o que se encargaran de lidiar con las rarezas del mundo para que ella pudiera ser únicamente una adolescente despreocupada.

Theo y Alexander miraron a Wil.

—Es decisión vuestra —les dijo—, siempre y cuando tengamos estos libros.

—*Excepto cuando no debáis hacerlo* —susurró Alexander asintiendo. Theo sonrió tristemente. Estaban de acuerdo. Lo mismo habían encontrado lo que la tía Saffronia necesitaba. Quizá tenía razón y deberían anteponer su seguridad e irse, pero si tenían la oportunidad de ayudar a alguien que necesitaba ayuda, sabían que sus padres querrían que lo hicieran.

—Todavía no lo hemos encontrado —canturreó Theo, y Alexander agradeció haberse librado de mentir, pero no era del todo mentira, ¿verdad? No estaban seguros de que la lupa fuera lo que la tía Saffronia quería. Después de todo, era un objeto de lo más aleatorio. ¿Por qué la necesitaría?

—Ya veo —respondió la tía Saffronia y su voz se fue perdiendo, como si hubiera entrado en un túnel muy, pero que muy alejado de ellos—. Bueno, más bien no. Veo muy poco hasta que me citan. Muy bien. Tened cuidado hasta que nos volvamos a ver. Hay gente que tiene propósitos muy siniestros en contra de nuestros propósitos Sinister y me temo que cada vez están más cerca. Cubríos el cuello, queridos niños.

—¿Lo dices por los vampiros? —le preguntó Theo al mismo tiempo que Alexander dijo—: No hay ningún vampiro.

—Pues claro —respondió la tía Saffronia.

—Espera —dijo Alexander—, ¿quieres decir pues claro que lo dices por los vampiros o pues claro que no hay ninguno?

La llamada terminó.

Theo le devolvió Rodrigo a Wil.

—Bueno, nos quedamos y eso significa que tenemos que encontrar la manera de escaparnos de esta habitación.

—Pero no podemos abrirla desde este lado. —Alexander desearía poder hablar con quienquiera que hubiera hecho esas puertas secretas que solo se abrían desde el exterior. Era un enorme error de diseño—. Estamos encerrados.

—¿A quién conocemos que se mueve por todo el caspallo sin necesidad de utilizar ninguna puerta? —preguntó Theo señalando hacia el techo. Un pequeño yoyó de madera se balanceaba en la esquina más oscura donde el techo se encontraba con la pared tras una viga. Theo sonrió triunfante—. Lucy no se convierte en vapor, sino que utiliza *pasadizos secretos* y nosotros vamos a usarlos también.

CAPÍTULO
TREINTA Y TRES

Descubrir cómo llegar a la esquina del techo fue algo complicado, pero Theo estaba dispuesta a aceptar el reto. Empujó la mesa hasta la esquina, luego colocó una silla encima de esta y se subió a ella con poca estabilidad.

—¡Tenía razón! —gritó al ver un punto más allá del yoyó—. Aquí hay un pequeño agujero. —Hizo una pausa y miró hacia abajo, en dirección a Alexander y a Wil—. Es un agujero muy pequeño. No creo que Wil quepa por aquí.

Wil asintió.

—Por mí no hay problema. De todas formas no me gustan los espacios pequeños. Me quedaré aquí para tratar de abrir los libros. Vosotros, tontos, podéis meteros por ahí, encontrar una salida y abrirme la puerta por el otro lado. Será un trabajo en equipo.

—No es que hayamos trabajado mucho en equipo últimamente —comentó Alexander.

Wil retorció una de sus trenzas.

—Lo sé. Lo siento. Yo solo… He estado intentando asegurarme de que los dos pudierais pasar un verano normal.

Theo se rio, agachada en la esquina del techo a punto de entrar en un agujero oscuro para atravesar unos pasadizos secretos, escapar de las garras de un Conde malvado y salvar a un grupo de murciélagos vampiro de ser descubiertos.

—No creo que sea algo que vaya a pasar.

—Tienes razón. Y los dos sois más listos y capaces de lo que muchas veces creo que sois. Después de todo, ¡encontrasteis la biblioteca antes que yo!

—¿Cómo sabías que tenías que buscarla? —le preguntó Alexander.

—Vamos a escapar primero y ya luego os lo explico —dijo Wil señalando el agujero.

Theo tendió una mano y ayudó al pobre y tembloroso Alexander a subir hasta donde ella se encontraba.

Wil se sentó en el suelo con el libro de los Sinister en el regazo.

—Tomaos vuestro tiempo. No pienso moverme.

—Ja, ja —dijo Theo, luego desapareció. Alexander la siguió deseando con todas sus fuerzas que su papel en el plan hubiera sido quedarse con los libros en vez de atravesar un hueco estrecho y oscuro.

Theo se dirigió con seguridad en una dirección. Se golpeó de lleno con una pared. Estaba estrecho y oscuro, y no era capaz de ver hacia donde iba. Tener un buen sentido de la orientación no era de mucha ayuda cuando no podía ver nada ni tenía ninguna idea sobre cómo era el plano de los pasadizos.

—Retrocede —ordenó. Alexander hizo lo que pudo, pero tras unos minutos, quedó claro que no estaban cerca de conseguir sacar a Wil de la biblioteca ni de salir de esa polvorienta y claustrofóbica pesadilla.

Escucharon una risita que provenía de un punto cercano.

—¿Lucy? —la llamó Theo.

La risa continuó.

—Por favor —suplicó Alexander—. Queremos ayudaros a ti y a Mina. Queremos mantener a los murciélagos y al laboratorio a salvo y también queremos liberar a tu hermana y descubrir lo que hay en los libros de la biblioteca secreta. También hay un libro sobre vuestra familia. A lo mejor tus padres dejaron instrucciones o cartas dentro. —No pudo evitar esperar que *sus* padres lo hubieran hecho. El libro de los Sinister parecía llamarlo como la fuente de las respuestas prometidas. Si no las respuestas a por qué sus padres los habían abandonado durante el verano, al menos a cuál era la relación con su familia. Algo a lo que aferrarse durante la incertidumbre de ese verano que se presentaba ante ellos como eterno, caluroso y confuso. Un libro al que aferrarse y del que poder aprender.

El yoyó de Alexander volvió a aparecer de la nada, estaba cubierto de esmalte de uñas fluorescente. Empezó a deslizarse por la oscuridad.

—¡Sigue a ese yoyó! —gritó Theo.

Ellos solo podían gatear, y tuvieron que hacerlo rápido para poder seguir el rastro de Lucy, pero una vez que supieron a dónde ir, resultaba obvio que seguían un patrón. No eran conductos de ventilación. Habían sido diseñados para moverse por ellos, pero ¿con qué propósito?

—Nada de luces —dijo Lucy con un tono de voz cantarín desde algún punto por delante de ellos. Era verdad. Los túneles eran realmente oscuros. Debido al movimiento del aire frío a su alrededor, Theo podía asegurar que había bifurcaciones de túneles cada pocos metros. Probablemente llevaran a cada una de las partes del caspallo y permitieran que alguien pequeño, como Lucy, pudiera recorrerlo sin tener que exponerse a la luz o poner un pie fuera.

También hacían que alguien como Theo o Alexander pudiera perderse fácilmente sin la ayuda de un guía.

Lucy los llevó a una pared que tenía escalones atornillados. Había un haz de luz que provenía de entre las rendijas de las piedras, así que al menos Theo y Alexander podían ver lo que estaban haciendo mientras subían a la siguiente planta del caspallo, luego tras pasar gateando por otro túnel, después de girar un montón de esquinas, llegaron a un sitio sin salida.

—Em —dijo Alexander sin quitar la mirada de la parte de atrás de las deportivas de Theo—. ¿Por qué nos hemos parado? ¿Hay un desplome? —Empezó a retroceder aterrorizado, pero entonces la luz inundó el túnel. Lucy saltó por un panel de madera que había movido para abrirlo y crear una puerta. Theo la siguió y luego Alexander pudo al fin salir de los pasadizos secretos.

—Es un armario —afirmó Theo al ver unos abrigos sofisticados y varias capas de un terciopelo impresionante. Lucy se frotó la cara con una de las capas.

—Es el armario de tus padres. —Alexander reconoció uno de los bonitos vestidos, y uno de los aterradores abrigos. Además, también había un bastón que tenía el mango en forma de lobo-dragón. Se trataba del mismo bastón que sostenía el señor Sanguíneo en su retrato.

—Los cuadros —comentó Alexander—. *Tú* eras quien los cambiaba. —Alguien *estaba* intentando decirles algo con los cuadros o, sino, tratando de recordarse a sí mismo su propia historia, su familia.

Lucy asintió al mismo tiempo que descolgaba una capa de color morado oscuro y se enrollaba en ella como si de una manta se tratara.

Theo rodeó con el brazo a la pequeña y extraña niña y se giró hacia Alexander.

—Salgamos de este armario. Desde aquí podemos…

—Te lo dije, ¡estoy en ello! —exclamó el Conde, su voz sonaba mucho más cerca de lo que les gustaría, pero la voz que le contestó era incluso peor. Ahora que no estaba hablando por teléfono, supieron de inmediato a quién pertenecía. Era una voz profunda. Una voz familiar. Una voz cuyas sobras de pizza en la nevera no era más que una caja vacía dejada a propósito para crearle falsas ilusiones de encontrar algo bueno a quien abriera la nevera y así hacer que se llevara una decepción.

Una voz que pertenecía a un hombre de ojos pequeños y malvados y un bigote grande y malvado.

—¿AntiEdgar? —susurraron al mismo tiempo Theo y Alexander.

CAPÍTULO

TREINTA Y CUATRO

No podía tratarse de antiEdgar. La última vez que habían visto a ese villano fue corriendo hacia el bosque una vez que su estratagema en Diversión a Caudales fallara. ¿Qué estaría haciendo allí? No había ninguna conexión entre los dos destinos vacacionales, ningún motivo que le...

—Los libros —susurró Alexander. Uno de los libros con cerradura de la biblioteca secreta tenía el nombre de los Widow grabado. Era el apellido de la familia que dirigía el parque acuático. Quizás antiEdgar seguía intentando hacerse con la propiedad y los beneficios del petróleo que había debajo.

AntiEdgar parecía estar enfadado mientras seguía discutiendo con el Conde.

—Has tenido mucho tiempo. ¿Por qué no lo has encontrado todavía?

La voz del Conde sonó aguda.

—Es un hotel inmenso y los Sanguíneo me ocultaban muchos secretos. Necesito más tiempo o muchos más niños.

—¿Por qué necesitas más niños?

—Porque el trabajo de los niños es el mejor de los trabajos. Todo el mundo lo sabe. No tienes que pagarles; les dices que están buscando algo secreto y que no pueden decírselo a nadie. Son unas alimañas tan entrometidas que les encanta y, lo mejor de todo es que son tan pequeños que pueden meterse en lugares completamente inesperados.

Los tres niños que estaban escondidos en un armario inesperado contuvieron la respiración.

—Ya casi lo tengo, Van Helsing —insistió el Conde—. Estoy seguro.

Theo y Alexander se miraron el uno al otro con el ceño fruncido. ¿Quién era Van Helsing?

—Van H. —susurró Theo inmediatamente. ¡Habían subido su equipaje escaleras arriba! ¡Tendría que haberlo tirado por las escaleras!—. ¡AntiEdgar es Van H.!

—¿Estás seguro de que los tres hermanos Sinister están encerrados? ¿Seguro que no pueden escaparse y arruinarlo todo?

—Estoy seguro. Los he encerrado en una biblioteca. Estarán completamente tristes. Todos los niños odian las bibliotecas.

—Cierto. Llévame con Mina. Estoy seguro de que sabe más de lo que dice.

—Por supuesto, pero primero tienes que probar uno de mis batidos saludables. Te cambiará la vida.

En cuanto escucharon la puerta cerrarse, los tres niños se dejaron caer en el suelo del armario y se quedaron allí sentados rodilla con rodilla.

—¿Qué vamos a hacer? —preguntó Theo. No tenía ningún plan para esto.

—Quizás tendríamos que habernos ido cuando la tía Saffronia se ofreció a recogernos. No quiero volver a enfrentarme a antiEdgar. —Alexander se retorció las manos al imaginar cuánto de más malvado el bigote de antiEdgar habría tenido que crecer durante aquellos días.

—Pero si antiEdgar está aquí, eso significa que la situación de Mina y del caspallo es peor de lo que pensamos. AntiEdgar casi consiguió que los Widow perdieran Diversión a Caudales y ahora quiere que el Conde encuentre algo. Seguramente quiera el laboratorio de los murciélagos. ¡La investigación médica puede valer un montón de dinero!

Alexander suspiró.

—Todo esto era mucho más simple cuando pensábamos que estaba relacionado con vampiros. —Hizo una pausa—. *Esa* es una frase que nunca pensé que diría.

—Si tan siquiera lográramos abrir la puerta de este misterio. —Theo se agarró algunos mechones de pelo tal y como solía hacer cuando las abejas la dominaban y necesitaba hacer algo con las manos.

Al escuchar la expresión «abrir la puerta», Lucy reaccionó. Les hizo gestos para que la siguieran y volvió a adentrarse en el hueco por donde tenían que gatear. Theo la siguió rápidamente y Alexander los siguió con recelo. Decía mucho de antiEdgar que Alexander prefiriera quedarse confinado en la oscuridad total de estos pasadizos secretos antes que arriesgarse a encontrarse con ese malvado bigote accidentalmente por los pasillos.

—¿Cómo es posible que pueda ver aquí dentro? —preguntó Alexander entre susurros. Pese a los huecos ocasionales de las paredes que dejaban pasar haces de luz, no había forma de que Alexander pudiera haber encontrado la manera de ir a ninguna parte por esos espacios tan estrechos.

Theo también se había estado preguntando lo mismo. Lucy recorría los pasadizos con facilidad, giraba las esquinas sin pararse.

—Lo mismo se sabe de memoria los caminos. —Sin embargo, nada más decirlo, Lucy desapareció, se había *ido*.

—¡Lucy! —Theo gateó hacia delante tan rápido como pudo. Miró hacia abajo y no vio nada, solo oscuridad. Luego escuchó el siseo de una cerilla y la luz de una vela cobró vida y reveló un pequeño espacio en mitad de varias intersecciones de túneles. No podía ser descrito de otra manera que no fuera como un nido. Había libros, cojines, cuadros, zapatos (pero solo del pie izquierdo), pilas de papeles, una de las camisetas preferidas de Alexander, uno de los sombreros de vaquera de Quincy, una barra de uno de los mejores brillos de labios de Wil, lo que parecía un cajón repleto de cubertería de plata y llaves.

Montones de llaves. Demasiadas llaves.

Lucy les hizo señas, su sonrisilla le iluminaba la cara del mismo modo que la vela iluminaba el nido. Con la diferencia de que a Alexander no le preocupaba tanto que la luz de la sonrisilla de Lucy pudiera provocar un incendio de manera accidental al estar rodeada de todos esos objetos inflamables. Las velas *no* eran una opción de iluminación segura en este caso.

—La próxima vez roba una linterna, ¿vale? —le sugirió.

Lucy asintió con solemnidad.

Alexander recogió el trozo de papel más cercano. Estaba dentro de un sobre familiar, escrito con una letra cursiva que le resultaba incluso más familiar. Lucy había tomado la carta que su madre les había dejado en su maleta. Casi la deja allí. Por primera vez, estaba enfadado con sus padres en lugar de preocupado y triste.

Pero no podía dejarla allí.

—Esto es mío —dijo con tranquilidad y de la manera más amable en la que pudo—. Te puedes quedar el yoyó, pero esto lo necesito de vuelta. —La metió en el bolsillo junto a la lupa.

Lucy mantuvo sus rojos labios cerrados como si estuviera guardando un secreto en la punta de la lengua y lo miró con esos ojos negros y grandes.

Theo estaba manoseando todas las llaves.

—Creo que podríamos abrir cualquier puerta del hotel. —Estaba emocionadísima por no volver a encontrarse con una puerta cerrada, pero algo decepcionada por no tener una razón de peso por la que convertirse en una experta en forzar cerraduras. Aunque eso no la detendría. Estaba segura de que esa habilidad le sería útil en otra ocasión.

Alexander se fijó en un montón de llaves que estaban juntas en un llavero de latón. Eran pequeñas y estaban decoradas, tenían el tamaño exacto para abrir...

—Los libros —dijeron él y Theo a la vez.

La última vez que se habían enfrentado a él, antiEdgar también había estado buscando un libro. El libro de los contratos y la escritura de Diversión a Caudales. Quizás las instrucciones para encontrar a los murciélagos o los detalles de la investigación médica se encontraban en los libros de la biblioteca secreta. O quizás ni siquiera estaba buscando los libros, pero Alexander y Theo estaban desesperados por abrir su libro y sabían que Mina también quería abrir el suyo.

—Vamos por partes —dijo Alexander—, tenemos que...

—Encontrar el coche de antiEdgar y rajarle los neumáticos —propuso Theo golpeándose una de las manos con el puño.

—Pero eso le obligaría a quedarse y no queremos que lo haga.

—Oh, es verdad. —A veces las abejas del interior de Theo querían vengarse más que llevar a cabo la actividad productiva.

—Sin embargo, *tendremos* que ser valientes —afirmó Alexander sonriéndole—. Después de ser prudentes. Primero tenemos que rescatar a Wil. ¿Lucy? Mientras vamos a por Wil, ¿puedes llegar a Mina antes que antiEdgar y el Conde y llevarla a la biblioteca?

Lucy asintió. Añadió con cuidado la capa morada de su madre a la pila de cosas del nido, luego trepó por otra de las paredes y les hizo gestos para que la siguieran. Los dejó salir en el armario de los ataúdes o el de las enormes cajas de madera, forma en la que Alexander prefirió pensar en ellas. Luego atravesaron lentamente el pasillo hasta la puerta de la biblioteca.

Theo dudó. La habitación de antiEdgar/Heathcliff/ Van Helsing estaba justo allí, junto con su baúl. No tenía la llave de ese baúl, pero se había metido tantas llaves como había podido en los bolsillos para así asegurarse de *tener* la llave de esa habitación.

—No —le dijo Alexander al seguir su mirada—. Es demasiado arriesgado.

Theo no estuvo de acuerdo. Pensaba que era arriesgado en su justa medida, pero había que salvar a Wil primero. Theo abrió la puerta y se metió en la biblioteca sin esperar. Alexander la siguió y cerró la puerta tras de sí. Antes de que Alexander pudiera abrir la habitación secreta, una silla situada contra la pared pareció moverse por sí misma, hasta que estuvo lo suficientemente alejada como para dejar que Lucy y una polvorienta y anonadada Mina pudieran salir a gatas del panel, que hacía las veces de puerta, que había tras ellas.

Justo en ese momento, escucharon el murmullo de una voz que pertenecía a un largo y malvado bigote que estaba en el pasillo.

TREINTA Y CINCO

—Deprisa —dijo Mina. Abrió la biblioteca secreta y empujó a Theo y a Alexander adentro mientras Lucy volvía a meterse en el hueco de detrás de la silla—. No saben que podéis salir. —De nuevo, los hermanos Sinister-Winterbottom volvían a estar encerrados.

Casi en el preciso instante en que la puerta secreta se había cerrado, volvió a abrirse. Theo y Alexander se incorporaron y jadearon en un intento por no parecer culpables al mismo tiempo que esperaban que antiEdgar no se diera cuenta de que la mesa estaba pegada a la pared.

—Veo que habéis encontrado mis libros —comentó antiEdgar. Se acercó y le arrebató el libro de los Sinister a Wil, luego recogió todos los que había sobre la mesa.

—Esos libros no son tuyos —se encaró Wil—. Ese tiene mi apellido escrito.

—A ver, *Swinterbottom* —dijo el Conde con desdén—. No veo ese apellido por ninguna parte. Además, el libro está en mi hotel. En el hotel que poseo. El hotel que pasó a ser mío en cuanto los Sanguíneo desaparecieron del mapa. El hotel que, de cabo a rabo, es de mi propiedad, y que nadie más puede reclamar como propio.

—Tiene razón —afirmó Mina con tristeza—. Todo lo que hay aquí le pertenece.

—Y tú harías bien en recordarlo y entregarme lo que quiero. Nadie está de tu parte. Nadie va a ayudarte, no importa que lo hayas escondido. Sabes lo que estoy buscando, ¿verdad?

Mina asintió. Iba a perder su laboratorio, sus murciélagos y a romperle el corazón a Alexander.

—Esto no se ha acabado —espetó Wil.

AntiEdgar estaba sonriendo, algo que normalmente suele ir ligado a una expresión amigable, pero la que se escondía tras ese largo y malvado bigote, era tan amigable como un enjambre de avispas.

—No, pero pronto acabará. Vosotros tres vais a esperar aquí, sanos y salvos, hasta que venga a recogeros. Prometedme que me esperaréis. —Su sonrisa creció tanto en tamaño como en maldad.

—¡No! —gritó Theo.

—Prometedme que me esperaréis o quemo el libro —los amenazó sosteniendo el libro de los Sinister. A Wil se le escapó un jadeo.

Alexander nunca había roto una promesa... jamás, bajo ninguna circunstancia. Pensar en prometerle algo a antiEdgar hizo que algo en su interior se rompiera, pero en vez de sentirse destrozado, con la ruptura de ese algo pareció invadirle una ráfaga de calma. Si las reglas las establecía gente a la que no le importaba las reglas y que solo estaba intentando hacer daño a otras personas, entonces *Alexander no tenía por qué acatarlas.*

Y prometerle algo a un mentiroso no era ningún tipo de promesa.

—Te lo prometo —dijo Alexander—, además, el Conde tiene razón. Mina no deberías haber intentado ocultárselo. Según la ley, todo lo que hay en estos terrenos le pertenece al Conde, y deberías llevarlo hasta allí.

Mina miró sorprendida a Alexander con los ojos anegados en lágrimas. Theo hizo un sonido de enfado, pero Alexander pasó por alto ambas cosas, a pesar de morirse de ganas de disculparse. Siguió hablando.

—Asegúrese de que Mina le lleva por el camino corto, a través de los setos del laberinto. Se tardan treinta minutos de reloj en atravesarlo y lo deja directamente en el camino. Si no, nunca lo encontrará.

La expresión facial de Mina se congeló y contrajo los labios. Luego se aclaró la garganta y frunció el ceño mientras sacaba el reloj y miraba la hora para saber exactamente cuándo se le acababan los treinta minutos.

—¿Cómo has podido contarles lo del atajo?

—Es lo correcto —le respondió Alexander conteniendo con todas sus fuerzas una sonrisa. Les había conseguido un margen de media hora.

—En marcha —ordenó antiEdgar y cerró de golpe la puerta.

—¿Por qué has hecho eso? —le preguntó Wil encarándose con Alexander.

—Porque —explicó este— vamos a ganarles. ¡Inicia el cronómetro, Theo! Tenemos treinta minutos.

—¿Para qué? —preguntó Theo al mismo tiempo que presionaba el botón de arriba del cronómetro y volvía a guardarlo bajo la camiseta.

—Oh —contestó Alexander mordiéndose el labio—. Yo... en realidad no lo sé.

CAPÍTULO

TREINTA Y SEIS

Wil se desplomó contra la mesa, luego apoyó la cabeza sobre los brazos. Metió una mano en un bolsillo y sacó a Rodrigo para sujetarlo cómodamente.

—Lo tenía —susurró—. Y ahora ya no.

—¡No es justo! —se quejó Theo golpeando la puerta—. Podemos salir de aquí, pero ¿luego qué? ¡Siguen teniendo ventaja! ¡Necesitamos ayuda! ¿Dónde están nuestros padres? —Theo respiró profundamente y de repente su enfado se convirtió en llanto. Se limpió las lágrimas, furiosa, luego se giró y miró a Alexander—. ¿Dónde están? —repitió, perdida, ya que sin sus padres no eran más que niños. No podían ayudar a Mina, a sí mismos ni a nadie y nadie iba a ayudarles porque quienes tendrían que hacerlo, sus padres o su tía, no estaban aquí.

—Theo —la tranquilizó Alexander dándole la mano. Notaba que su hermana estaba asustada. ¿Qué hacía su madre cuando le pasaba eso? Acercó a Theo y la abrazó, con el nivel de fuerza justo como para que Theo pudiera sentir todo su cuerpo y volver a percibir quién era, dónde estaba y lo que estaba haciendo.

Theo respiró hondo un par de veces. El abrazo de Alexander la había ayudado a recuperar el control sobre sí misma. Si estaba rellena de abejas, bueno, pues vale. Las abejas eran inteligentes, las abejas eran trabajadoras y las abejas tenían colmenas. Las volvió a mandar a las colmenas a trabajar para que así dejaran de revolotearle por el cerebro.

—Ya estoy bien. ¿Qué vamos a hacer?

—Ser prudentes, *hecho*. Ser valientes, *hecho*. ¿Qué más podemos intentar? —repasó Alexander.

—¿Escuchar a la tía Saffronia excepto cuando no debáis hacerlo? —Theo se encogió de hombros—. Lo mismo tendríamos que haberla escuchado. A lo mejor cuando la llamamos, tendríamos que haber dejado que viniera a recogernos. A veces es cierto que se necesita la ayuda de un adulto. Incluso si se trata de una extraña e inútil.

—¡Eso es! —gritó Alexander.

—¿El qué?

—Wil, usa tu teléfono —ordenó Alexander señalando con empatía a Rodrigo.

—¿Y qué hago? —preguntó Wil, que por fin había levantado la cabeza.

—Busca los números de los adultos que hay aquí. Los de los padres.

—Ya los tengo. Anoté los nombres y los teléfonos de todos los huéspedes que se han alojado aquí en la historia del Spa Sanguíneo.

—¿Eso es… legal?

—No, claro que no. ¿Entonces los llamo para que vengan a por nosotros?

—Sí… —empezó Alexander, pero entonces Theo levantó una mano.

—No, lo primero de todo: puedo volver a meterme en los túneles y abrir la puerta en unos dos minutos.

—¿Incluso sin Lucy? ¿Qué pasa si te pierdes? —A Alexander le aterrorizaba la idea de perderse en un espacio reducido y oscuro.

—No voy a perderme. Confía en mí. Segundo, estos adultos han aceptado de buena gana pasar unos días separados de sus *propios* hijos, por tanto, no les van a importar los hijos de otra gente. El Conde se limitará a decirles que nos hemos saltado las normas y que nos ha metido aquí por nuestra seguridad o algún que otro sinsentido similar y ellos le creerán porque se trata de un adulto y nosotros no somos más que niños.

—Yo soy una adolescente —se quejó Wil mirándola con el ceño fruncido—. Nadie nos cree, confía en nosotros ni nos da acceso a los datos de contacto de otras personas a menos que hackeemos sus sistemas operativos en medio de la noche y nos hagamos con esa información por nuestra cuenta.

—¿Que has hecho *qué*? —le pregunto Alexander.

—¿Qué? Nada. Bueno, entonces, ¿a quién llamo?

—A los padres, pero diles que es una emergencia y que tienen que reunirse contigo en los setos del laberinto. Llévalos hasta la puerta que vimos en el bosque.

—¿Qué puerta? —preguntó Wil, que no había estado prestando atención.

—¿Te acuerdas del sitio donde casi te tiramos a Rodrigo porque te salvamos de despeñarte por un barranco?

—Ah, a ese sitio. De acuerdo.

—Pero tiene que atravesar el laberinto —señaló Alexander—. Y tiene que hacerlo dos minutos más tarde que Mina para no encontrarse con ellos. Theo, ¿puedes dibujarle un mapa?

—No es necesario —respondió Wil moviendo a Rodrigo—. Me descargué los planos originales del terreno. Puedo usarlos.

—Entonces me voy. —Theo trepó por la pared y se metió en los túneles. No sabía cómo llegar hasta el armario de los ataúdes desde ese punto, ya que los túneles no estaban conectados, pero sabía exactamente a dónde podía llegar. Tras girar unas cuantas esquinas y subir unas escaleras, Theo gritó—: ¡Bingo!

Abrió un pestillo y empujó. El cuadro que tanto había perturbado a Alexander se abrió gracias a las bisagras. Theo estaba en lo cierto cunado notó la corriente de aire que salía de él.

Saltó al pasillo y corrió de nuevo hasta la biblioteca para liberar a sus hermanos. Wil se apresuró para encontrarse con los padres, el cronómetro de su teléfono estaba sincronizado con el cronómetro de Theo.

—¿A dónde vamos? —le preguntó Alexander a Theo mientras la seguía.

—A la cocina y luego a buscar al resto de los niños.

—¿Cuál es el plan? —Normalmente Alexander era quien ideaba los planes, pero Theo parecía estar muy emocionada.

—¿Sabes la cantidad de prejuicios irracionales que tiene la gente contra los murciélagos vampiro?

—Sí.

—¿Y que, por regla general, nosotros intentaríamos no reforzar esas ideas erróneas sobre lo peligrosos que son los murciélagos vampiro?

Alexander por fin terminó por entender lo que su hermana le estaba diciendo y se empezó a reír.

—Ay, sí. Ya lo entiendo, pero ¿cómo vamos a vencer a antiEdgar y al Conde? Incluso con Mina llevándolos por el camino equivocado, seguimos teniendo que reunir primero a todo el mundo y luego llegar antes que ellos. ¡Nos sacan bastante ventaja!

—Nosotros no vamos a atravesar el laberinto. De hecho, ni siquiera vamos a salir del caspallo. —Theo se llevó la mano al bolsillo y sacó una pesada llave que parecía pertenecer a una puerta cuyo pomo lucía como una cara gritando—. Vamos a encontrar más de una cosa que se había perdido. ¡Las catacumbas! Que sospecho que también serán un túnel.

—Así es cómo los padres de Mina le mantuvieron el laboratorio en secreto al Conde. Si no, este habría notado que solían escaquearse del trabajo para llevar a cabo la investigación y trabajar en ella, pero nunca salían del hotel, que él supiera —explicó Alexander con una sonrisa.

—Ahora solo tenemos que encontrar al resto de los niños. —Theo siguió andando por el pasillo hasta que llegaron a la cocina.

Por fin la suerte estaba de su lado. Eris y los J estaban en fila frente a la encimera, todos con apariencia sombría y triste mientras se preparaban unos sándwiches de mantequilla de cacahuete y mermelada, pero como no había ni mantequilla de cacahuete ni mermelada, no eran más que sándwiches de pan.

—¡Gracias a Dios! —exclamó Eris—. Alexander, por favor, prepáranos algo. Te lo suplicamos. Lo único que nos están dando para comer son esos horribles batidos.

Ren también estaba allí, sentado en una silla, cosa sorprendente, ya que Alexander y Theo no esperaban que hubiera decidido voluntariamente ayudar a preparar la comida y, lo que era todavía más sorprendente, los dos bebés pegajosos estaban sentados en su regazo mientras los balanceaba arriba y abajo.

Sin embargo, Theo y Alexander se dieron cuenta de que el único motivo por el que Ren estaba sentado en la silla era porque estaba atado a ella.

—¿Qué hacéis aquí? —les preguntó Quincy, que acababa de entrar por la puerta. Antes de que pudiera hacer nada, Theo lanzó su lazo y enganchó a la vaquera a la primera. —Rápido, quitadle los otros lazos —ordenó.

Alexander los agarró. Theo guio a Quincy hasta una silla, donde procedió a atarla de la misma forma en que ella había atado a Ren.

—Por favor —pidió Quincy—, dejad que me explique.

Theo se agachó delante de ella.

—Eres mi amiga y me enseñaste a utilizar el lazo, pero también nos has traicionado, de modo que podrás explicarte cuando hayamos solucionado todo. Así que no nos retrases para que no podamos hacerlo. —Tomó una rebanada de pan y se la puso a Quincy en la boca.

—¡Oye! —se quejó Eris—, que ese es mi sándwich. Además, ¿por qué has atado a Quincy?

—¿Os ha pedido que busquéis algo? —les preguntó Theo—. ¿Algo secreto?

Eris frunció el ceño y los J la imitaron al mismo tiempo que cerraron la boca.

—A ver si lo adivino: os dio una pista. Plano y rectangular.

—¡Oye! —reaccionó Ren—. A mí también me dio esa pista y me dijo que era el único lo suficientemente especial como para encontrarlo.

Alexander suspiró.

—Nos ha mentido. Nos ha estado utilizando para buscar algo. Algo que el Conde quiere, pero que hará daño a Mina, así que ahora necesitamos vuestra ayuda para ayudar a Mina.

—¡No! —gritó Ren—. ¡Pienso ganaros! Es una estratagema para que podáis encontrarlo antes que yo. Pienso ganaros y mi padre va a estar orgulloso de mí. Quincy me lo prometió.

Quincy hundió los hombros y bajó la cabeza, avergonzada.

Theo se agachó delante de Ren. Su primer instinto era decirle que ni siquiera quería su ayuda, pero acababa de enfrentarse con dos matones y ella no quería convertirse en una también. Alexander estaba acostumbrado a recibir elogios. Los adultos lo adoraban. Los profesores, los guardias, los bedeles de las tiendas, daba lo mismo. Todos querían a Alexander. Sin embargo, Theo no recibía ese mismo nivel de adoración universal. A unos cuantos de sus profesores no les caía nada bien, cosa que hería sus sentimientos. Por suerte, sus últimos profesores habían comprendido que necesitaba que le dieran las instrucciones de forma detallada y que, a veces, lo único que necesitaba era moverse en la silla. Tener a un profesor que veía el tipo de persona que era y que la apreciaba tal y como era supuso una gran diferencia.

Así que, aunque Ren no terminaba de gustarle, lo entendía de una forma en que Alexander no podía. Ren necesitaba que alguien lo *viera* y lo apreciara. Siempre era competitivo porque se moría por recibir un elogio.

Theo le sostuvo la mirada.

—Necesitas ganar para que tu padre se dé cuenta de quién eres, ¿verdad? Sé lo que se siente cuando quieres pasar tiempo con gente que no está cerca. Duele y resulta confuso. —Este verano le había enseñado esa lección. Las dos personas con las que siempre podía contar, además de Alexander, cómo no, habían desaparecido—. No creo que ganar una competición aquí vaya a hacer que tu padre se dé cuenta de quién eres. Creo que quizás lo que ha pasado es que se ha olvidado de lo mucho que lo necesitas, pero podemos recordárselo. En cualquier caso, mereces que te vean y que te quieran por ser tal y como eres, y siento no haberme portado mejor contigo, así que, ¿nos ayudas?

A Ren le tembló la barbilla.

—¿Me prometes que mi padre se dará cuenta de quién soy?

—Oh —le respondió Theo sonriendo al mismo tiempo que desataba a Ren mientras Alexander tomaba las provisiones de los armarios y Quincy los observaba con ojos grandes y apenados y la boca llena de pan—. Te lo garantizo.

TREINTA Y SIETE

Alexander se sentía como si estuviera conteniendo la respiración. En realidad no lo estaba haciendo, de hecho, estaba respirando bastante fuerte debido a la rapidez con la que habían bajado las escaleras, atravesado el túnel e ido de puntillas por la cueva para no molestar a los cuerpecitos marrones que había por encima de sus cabezas, pero los nervios le hacían sentir como si llevara minutos sin respirar.

Eris y los J se taparon la nariz, pero dieron una lección de sigilo. Ren pisaba fuerte, pero porque no sabía andar de otra manera y, por suerte, el suelo de la cueva no hacía mucho ruido. Theo se había atado a los dos bebés pegajosos a la espalda y los cargaba como si de una mochila se trataran. Era la única manera de evitar que hicieran algo terrible, como lamer las paredes. Alexander les pasó el frasco a todos los niños y retocó todo lo necesario. Estaban listos.

Theo comprobó el cronómetro.

—Ya es casi la hora —susurró.

La puerta de la parte superior de las escaleras, esa por la que Mina guiaría al Conde y a antiEdgar, seguía cerrada. Gracias a Dios.

—¡Allí arriba! —susurró Alexander, tarea complicada teniendo en cuenta lo llena que tenía la boca. Todos los niños habían llegado a la parte superior de las escaleras cuando la puerta se abrió y la luz del sol los iluminó de golpe, como si de un foco se tratara.

Mina, el Conde y antiEdgar estaban allí de pie con unas caras de verdadero asombro al ver a nueve niños salir de la cueva, gruñendo y con crema de malvavisco alrededor y saliendo por las comisuras de la boca.

—¿Qué les pasa? —preguntó el Conde tropezando al intentar retroceder como la escoba más sorprendida del mundo.

—¿Tienen la rabia? —preguntó Mina confusa. Alexander le guiñó un ojo. Al verlo, lo repitió, solo que esta vez con un sentimiento de sorpresa y de terror más exagerado—. *¡Tienen la rabia!* Oh, no. ¡Se han infectado! ¡No podemos bajar!

—La rabia —repitió antiEdgar entrecerrando los ojos—. No creo...

—¡¿Cómo que la rabia?! —exclamó el padre de Ren desde el camino que atravesaba los árboles—. ¿Le han contagiado la *rabia* a mi hijo? —Se abrió paso entre el Conde y antiEdgar y se arrodilló al lado de Ren—. ¿Qué han estado haciendo con nuestros hijos?

—¡Nuestros bebés! —gritaron los padres de los dos bebés pegajosos acercándose rápidamente. Theo soltó uno de los nudos y el amarre entero se deshizo, de manera que los dos terrorcillos cayeron en los brazos de sus padres—. Los han atado a otro niño, les han contagiado la rabia y están más pegajosos que nunca. ¿Esto es lo que ustedes entienden como entretenimiento para niños?

El Conde retrocedió un paso con las manos en alto.

—Dejen que se lo explique.

—Nuestros pequeños —dijeron Josephine y Josie, que agarraron a Eris y a los J mientras le lanzaban miradas asesinas al Conde—. ¿Qué es lo que han hecho?

—¡Justo lo que me pidieron que hiciera! —estalló el Conde—. Estuvieron más que dispuestos a renunciar a sus hijos y a ignorarlos para poder tomarse un descanso y ¡eso es justo lo que les he dado! Aceites esenciales especiales que los mantuvieran calmados y adormilados; meditación para hacer que se perdieran en sus propios pensamientos y no se preocuparan por sus hijos; y mis batidos especiales, sobre lo que hablaremos más adelante en una reunión. Sus necesidades fueron por primera vez la prioridad número uno. ¡Ni siquiera se han acordado de los niños! Les he dado justo lo que me pidieron, un descanso de ser padres, y ahora *yo* voy a obtener lo que *yo* quiero.

—¡Nunca conseguirás los murciélagos! —exclamó Mina.

—¿Murciélagos? —preguntó antiEdgar, que frunció su poblada ceja, el bigote seguía fruncido, solo que esta vez con una expresión de confusión.

—¿No andáis tras la pista de los murciélagos? —preguntó Theo limpiándose la crema de malvavisco. Nunca había pensado que acabaría harta de tanta dulzura azucarada, pero tenerlo durante tanto tiempo en la boca hizo que lo reconsiderara. No iba a dejar de comer malvaviscos, pero sin duda necesitaba un descanso.

—¿Murciélagos? ¿Qué murciélagos? —inquirió el Conde—. ¡Lo que quiero es el testamento original!

—Está justo aquí —intervino Wil, que estaba de pie detrás de los padres y que estaba tecleando furiosamente en el teléfono.

—No, W-I-L, me refiero al documento legal que establece quién es el propietario del Spa Sanguíneo en la ausencia de los padres Sanguíneo. Lo necesito para poder... —El Conde se detuvo y una sonrisa nerviosa separó la piel de sus rojísimos labios—. Quiero decir, por supuesto que tengo el testamento legal. Por eso soy yo quien está a cargo del hotel. Por eso todo lo que hay aquí me pertenece. Obviamente. Y por eso voy a vender el Spa Sanguíneo para empezar mi propia empresa de bebidas saludables. La bebida saludable que han estado disfrutando durante toda la semana y que dejaré que adquieran en la planta baja. Si ustedes le venden una suscripción a todas las personas que conocen, serán ricos ¡y yo más rico todavía! —Sonrió con esa horrible sonrisa de labios-color-ponche-de-frutas-y-demasiados-dientes—. Y ninguno de ustedes puede rebatir que el *spa* no me pertenece y que no puedo venderlo.

Una mano surgió de la oscuridad de las escaleras de la cueva, que estaba detrás de los mellizos. Lucy estaba allí, en las sombras, y estaba sosteniendo un sobre color crema cerrado con un sello antiguo de cera que, cero sorpresas, tenía la forma de un murciélago.

—¿Lucy? —preguntó el Conde retrocediendo un paso más—. ¿Estás *aquí*?

Alexander tomó el testamento, lo abrió y lo leyó rápidamente. Conforme lo leía abría los ojos cada vez más. Había aprendido la lección en Diversión a Caudales de que uno siempre tiene que leer la letra pequeña. Este testamento no era otra cosa que no fuera una letra pequeña constante y era la mejor letra pequeña que podría desear.

—Esto dice que si le pasara algo a los Sanguíneo o si desaparecieran, todo lo de dentro, alrededor y *bajo* el Spa Sanguíneo le pertenece a Mina y a Lucy, y que Mina es la tutora legal de Lucy. No veo su nombre escrito por ninguna parte, Conde.

—Así que no puede vender nada. —Mina se agarró las manos con alegría—. Incluidos esos espeluznantes batidos que hace con las provisiones de *mi spa*.

—Mina, si necesitas a una buena abogada —intervino Josephine al mismo tiempo que rodeaba los hombros de su esposa—, Josie es la mejor de las Montañas de la pequeña Transilvania.

—Un momento. ¿Quién es usted? —preguntó el padre de Ren sin quitarle ojo a antiEdgar.

—Yo solo he venido a recoger unas lecturas y a unos niños desatendidos —explicó antiEdgar con una sonrisa bigotuda.

Mina se situó entre él y los mellizos Sinister-Winterbottom.

—No están desatendidos. Son huéspedes del hotel, lo que los convierte en mis huéspedes, lo que me deja a mí a cargo de ellos.

Josie, la mejor abogada de las Montañas de la pequeña Transilvania, reunió a sus cuatro hijos.

—Voy a aclarar las cosas por *todos* vosotros, niños. —Le sonrió a Mina, que, a pesar de sus responsabilidades y madurez, no dejaba de ser una adolescente. Desde luego que una abogada le sería de gran ayuda.

—Y usted —volvió a intervenir el padre de Ren que agarró al Conde por la larga capa con forma de chaqueta—. Usted viene con nosotros. No solo no pienso unirme a su estafa de bebidas saludables, sino que quiero una devolución. Tengo que llevar a mi hijo a unas *verdaderas* vacaciones familiares.

Ren sonrió. Intercambió una mirada con Theo. Intentó fruncir el ceño, para mantener la costumbre, pero no lo consiguió, así que Theo y él se limitaron a asentir y llegaron, por fin, a una tregua.

—Nosotros también queremos que nos devuelvan el dinero —exigieron el resto de los padres— y que nos dé de baja de esa lista de correos en la que nos inscribió sin nuestra autorización. Tendríamos que habernos dado cuenta de que sus intenciones no eran buenas. —Acompañaron al Conde de vuelta al caspallo.

Mina le dio la mano a uno de los bebés pegajosos, ya que sus padres parecían estar ocupados tratando de alcanzar al otro, que había conseguido meterse una babosa en la boca.

—Tenemos mucha diversión que compensar ahora que yo estoy al mando. ¿Venís? —Miró a Alexander y a Theo con una sonrisa.

—Sí, tenemos que desatar a una vieja amiga y dejar que se explique. —Theo desearía que este final fuera feliz para todos, pero, como muchas cosas en la vida, era complicado.

—Bueno, en marcha porque NI SE TE OCURRA PONER UN SOLO PIE FUERA DE LA PUERTA. —Mina volvió al caspallo.

Alexander se giró y vio a Lucy, que, gracias al grito de Mina, seguía acechando a salvo desde las sombras de la puerta de entrada a la cueva. Alexander le sonrió.

—Gracias por salvarnos con el testamento.

—Sí, aquí estoy —dijo Wil, que merodeaba cerca de él sin apartar la vista de Rodrigo—. Reuní a los padres, tal y como me pedisteis. —Frunció el ceño a lo que quiera que fuera que la pantalla le estuviera diciendo.

—Lo hemos visto —le contestó Theo.

—Mientras tú reunías a los padres, nosotros nos contagiamos de la rabia —le contó Alexander.

—Fueron unos murciélagos vampiro —añadió Theo.

—Vamos a chuparte la sangre —concluyó Alexander.

Wil asintió.

—Sí, buen trabajo —les felicitó—. Ahora sobre... —Por fin levantó la mirada del teléfono. Sus ojos, que ya no estaban fijos en una pantalla, se abrieron de sorpresa y miedo. No porque por fin se hubiera dado cuenta de los churretes en las caras de Theo y Alexander, sino por lo que *no* vio.

—¿A dónde ha ido? —preguntó Wil dando una vuelta en círculo.

—Los padres se han llevado al Conde para que les devuelva su dinero —le explicó Theo. Estaba claro que Wil necesitaba prestar más atención.

—No, no hablo de él. Me refiero al hombre que tenía nuestros libros.

Alexander se giró y miró a su alrededor, pero antiEdgar no estaba a la vista.

—¡Volvamos al hotel! —gritó Alexander y sin mostrar un ápice de precaución, se dejó llevar por las escaleras, atravesó la cueva y el laboratorio y volvió a subir al hotel hasta aparecer por la puerta que ya no estaba bloqueada con Theo pisándole los talones. Hicieron una carrera para subir las serpenteantes escaleras y atravesar el pasillo por el que habían arrastrado el baúl de Van H., pero la puerta estaba abierta. El baúl había desaparecido. AntiEdgar había desaparecido.

Al igual que los libros con las cerraduras.

—Nunca le interesaron los murciélagos —dijo Alexander—, ni el testamento.

—¿Qué estará tramando para necesitar esos libros? ¿Y cómo supo que estábamos aquí?

Theo presionó la cara contra la ventana. Abajo, en el camino de entrada, una chica cargó el último de los libros, el de los Sinister, en el maletero de un coche. Luego lo cerró y miró hacia ellos. Movió el lazo para despedirse con tristeza mientras se montaba en el coche con antiEdgar y salían a toda velocidad.

—Pensé que era nuestra amiga. ¿Por qué lo ayudaría?

—Theo desearía poder mandar a sus abejas a modo de ataque. Era imposible que alcanzaran a antiEdgar, no había manera de atraparlo ni de saber a dónde se dirigía con los libros. Dominada por la rabia, Theo le dio una patada al cubo de la basura. Muchos pedazos de papel enrollados cayeron al suelo junto con unas cajas arrugadas y vacías de aperitivos con pasas. Algo realmente maléfico.

Alexander vio un trozo de folleto que brillaba entre la basura. Lo recogió. Era una guía para un campamento de verano y, en su interior, escrito con una caligrafía horrible y desordenada alguien había apuntado una fecha de la semana siguiente junto a:

Reserva para cuatro

W. Sinister-Winterbottom

T. Sinister-Winterbottom

A. Sinister-Winterbottom

Q. Van Helsing

—¿El apellido de Quincy es Van Helsing? —preguntó Theo confusa sobre por qué lo compartía con antiEdgar. Si es que ese era el verdadero apellido de antiEdgar.

—Su tío —dijo Alexander—. Por fin llegó. AntiEdgar es el *tío* de Quincy.

—¿Por qué nos hizo la reserva? ¿Crees que es allí a donde se lleva los libros?

—Solo hay una manera de descubrirlo —afirmó Alexander, que estaba asustado, pero decidido. No podía creer que Quincy fuera malvada. No podía creerlo. Después de todo, ellos estaban dispuestos a robar cosas para su tía Saffronia, y eso que casi no la conocían. Si la tía Saffronia resultaba ser malvada en secreto, lo mismo ellos también estarían haciendo algo malo pensando que lo que estaban haciendo en realidad era algo bueno.

Quería recuperar esos libros y tener la oportunidad de hablar con Quincy y, seguramente, de disculparse por haber ayudado a atarla.

—Vamos —concluyó Alexander—. Encontremos a Wil.

Theo miró a través del cristal.

—Estas han sido las peores vacaciones del mundo.

—Bueno —trató de animarla Alexander— al menos pudiste hacer rapel por el barranco para sacarme de la cueva cuando la puerta se cerró.

—Eso es cierto —afirmó Theo. Eso había sido emocionante.

—Y recorriste tanto un laberinto de setos *como* un laberinto de túneles que atravesaban todo el caspallo.

—Eso también es cierto.

—Y salir con ese nivel de humedad fue prácticamente lo mismo que ir a nadar.

Theo se rio.

—Vale, sí, podría ser.

—Y hemos podido cazar vampiros, aunque hayan resultado ser unos murciélagos vampiro de lo más dulce y adorable. ¿Cuántos niños pueden decir eso de sus vacaciones de verano?

Theo asintió.

—Supongo que no han estado del todo mal y, además, también hemos hecho nuevos amigos. —Pensó en Ren y deseó que encontrara la manera de ser más feliz. Pensó en Eris y en los J y deseó que tuvieran unas vacaciones mejores. Pensó en los dos bebés pegajosos y deseó que les dieran un baño.

Y también pensó en Quincy y no supo qué desearle, porque seguía estando muy enfadada con ella.

Fueron a buscar a Wil, pero ya los estaba esperando en el vestíbulo con las maletas a los pies y su mochila colgada del hombro.

—La tía Saffronia ya ha llegado —les informó y se llevó el teléfono al pecho—. No sé cómo se ha enterado.

—¿Enterarse de qué? —preguntó Alexander.

—De que hemos terminado aquí. No me puedo creer que se haya llevado los libros —respondió frunciendo el ceño.

—Se ha llevado los libros, pero nosotros tenemos... —Theo sacó el llavero del bolsillo y lo sacudió delante de la cara de Wil. Esta despegó la mirada de Rodrigo y se le iluminó la cara.

—Ay, ¡si es que sois dos tontitos realmente brillantes y maravillosos! —Wil los apretujó a ambos en un abrazo—. Bien hecho.

—También tenemos... —Alexander iba a sacar la lupa, pero sus dedos se cerraron en torno a la carta en su lugar. La sacó—. Ten. Mamá nos dejó esto, aunque no es de mucha ayuda. —Se la dio a Wil, que la leyó con los ojos entrecerrados y moviendo los labios según leía las palabras.

—Reunid las herramientas —susurró—. Y... ¿que use mi teléfono?

Alexander se encogió de hombros.

—Nosotros tampoco sabemos por qué pensó que iba a sernos de ayuda. Ahora ya puedes contarnos qué es lo que está pasando, por qué respondiste como Wil «Fuego Fatuo» cuando te llamamos por teléfono, a quién estabas amenazando con destruir, cómo te enteraste de la existencia de los libros y por qué...

El teléfono de Wil hizo el sonido de haber recibido un mensaje, y dejó de prestarles atención para volver a perderse en Rodrigo una vez más.

—Que use mi teléfono. ¿Que use mi teléfono? Que use mi teléfono. Hmmm.

Mina entró corriendo al vestíbulo antes de que Alexander y Theo pudieran enfadarse con Wil.

—¡Mil gracias! No podría haberlo hecho sin vosotros y ahora por fin puedo hacerme cargo del *spa* de la manera en que mis padres querían, sin tener que esconder a Lucy, cuidando de los murciélagos y avanzando en la investigación.

—Sé que tus padres estarían orgullosos de ti —le dijo Alexander—. Siento mucho que los perdierais.

—Ah, no los *perdimos* —les explicó Mina frunciendo el ceño—. Se los llevaron.

—¿Perdona?

—Quiero decir POR QUÉ NO ME ESCUCHAS CUANDO TE DIGO LAS COSAS A LA PRIMERA —gritó Mina, pero luego abrazó a Alexander—. Lo siento mucho, tengo tantísimas cosas que hacer, gracias a los dos.

Alexander sintió que le ardía la cara y no pudo recordar qué era lo que le había preguntado, ya que Mina era demasiado guapa y olía demasiado bien.

A continuación, Mina abrazó a Theo, pero esta estaba distraída tratando de ver qué era lo que Lucy estaba tramando, y celosa por no haber tenido más oportunidades para recorrer las vigas con la pequeña. Luego, Mina se metió corriendo en el *spa* del que era dueña por pleno derecho.

—La tía Saffronia ya ha llegado. —Wil salió a la luz del sol. Theo y Alexander la siguieron. Detrás de ellos escucharon a Mina gritarle a Lucy que ni se le ocurriera hacer lo que fuera que estaba pensando hacer. Se giraron para ver a Lucy, que estaba a la sombra de la puerta, casi, pero sin llegar a rozar la luz del sol.

Theo y Alexander levantaron la mano para despedirse de ella, pero se quedaron de piedra al ver que Lucy les sonrió mostrando los dientes y se dieron cuenta de que en todo el tiempo que habían pasado con ella, nunca la habían visto hablar. Solo les había hablado en la oscuridad y nunca les había sonreído. Era casi como si escondiera un secreto en la boca.

—¿Eso son *colmillos?* —preguntó Alexander, pero el coche de la tía Saffronia apareció de repente ante ellos. Wil los apresuró a entrar y cerró las puertas antes de que pudieran protestar siquiera. Alexander y Theo apretujaron sus caras contra el cristal, pero ya no pudieron ver a Lucy ni a sus colmillitos de vampiro.

La tía Saffronia aceleró y emprendieron el camino, la tierra que los rodeaba se convirtió en un borrón de color verde.

—Ahora podemos prestar atención —afirmó la tía Saffronia.

Alexander chilló consternado al mismo tiempo que metía la mano en el bolsillo y sacaba la lupa. ¡No le había pedido permiso a Mina para llevársela!

—Es un préstamo a la fuerza —le recordó Theo antes de que se sintiera demasiado mal—. Además, forma parte de nuestro libro familiar.

La tía Saffronia miró por la ventana, pero no por el parabrisas, sino por la ventana de su lateral. El coche no parecía necesitar que ella mirara por dónde iban, aunque a Alexander le encantaría que ella lo hiciera.

—¿No quieres saber cómo nos han ido las vacaciones? —le preguntó Theo.

—Sé todo lo que necesito saber, aunque me temo, niños, que todavía os queda mucho por descubrir. Muchas cosas por hacer.

Wil gruñó y le frunció el ceño al teléfono.

—Los encontraré —susurró para sí misma.

—Vamos a ir a la costa —les informó la tía Saffronia—. Para encontrar lo que…

—No —la interrumpió Alexander, cosa que sorprendió a todos, por la seguridad que había mostrado al llevarle la contraria a un adulto. Era cierto que estaba cambiando—. Nos vamos a un campamento de verano. A este. —Le entregó el folleto.

La tía Saffronia empalideció incluso más si es que eso era posible. Ahora era casi translúcida.

—No estáis preparados.

—¿Preparados para qué? —preguntó Theo.

—Preparados para enfrentaros a un campamento de verano.

De repente, Alexander recordó el título del libro que habían visto y lamentó haber sido tan valiente.

—¿Este campamento es…? ¿Dirías que este campamento está en las regiones del lago montañoso?

—Sí, así es —confirmó la tía Saffronia asintiendo con pesimismo.

—Creo que nos las apañaremos —dijo Theo. Después de todo, se habían enfrentado a cuevas submarinas y resuelto el misterio de los Widow desaparecidos en Diversión a Caudales, y habían protegido a los vampiros y devuelto el caspallo del Spa Sanguíneo a sus legítimos dueños. ¿Qué iba a ser un campamento de verano en comparación con eso?

—A mí no me importa el destino —murmuró Wil—, siempre y cuando haya wifi y pueda recuperar los libros.

—Muy bien —concluyó la tía Saffronia con su voz distorsionada—. Si esto es lo que queréis, vale, pero no puedo asegurar vuestra felicidad ni vuestra seguridad.

—Venga ya, es un campamento de verano —le quitó importancia Theo—. Incluso si antiEdgar está allí, ¿qué es lo peor que puede pasar? ¿Qué nos topemos con hiedra venenosa?

—No —le respondió la tía Saffronia moviendo la cabeza con solemnidad—. Os vais a morir.

—¿Cómo? —dijeron Theo y Alexander al unísono.

—A morir de ganas de hacer las actividades. Hay un montón. Debéis tener cuidado con los giros...

Los mellizos se desplomaron en los asientos, aliviados y cansados.

—Al menos sabemos que no puede ser algo tan murcielagoso como estas vacaciones —dijo Theo sonriente.

Alexander se rio.

—Cambiar unas vacaciones vampíricas por unas campestres me parece una buena elección.

Es cierto que parecía ser una buena elección, ¿verdad?

Sin embargo, pronto descubrirían que no tenían ningún tipo de elección y que algunos campamentos se tomaban las actividades... mortalmente en serio.

AGRADECIMIENTOS

¡Hola! Muchas gracias por acompañar a los hermanos Sinister-Winterbottoms en otra aventurera y terrible aventura. Espero que en tus vacaciones haya habido muchos menos bigotes malvados y ninguna estafa de bebidas saludables de *marketing* piramidal. Aunque sí que espero que hayan estado repletas de aventuras, amigos y familia; y que incluso uno o dos vampiros hayan hecho acto de presencia en ellas para mantener las cosas interesantes.

A mis propios amigos y familiares aventureros que me ayudan enormemente a sacarme estos libros de la cabeza para meterlos en las vuestras. A mi agente, Michelle Wolfson, que ha sido mi amiga y mi socia desde hace doce años y que no se enfada cuando le doy un poco de miedo. A mi editora, Wendy Loggia, y a su intrépida ayudante, Ali Romig, que me ayudaron a imaginar a la perfección cómo sería un *spa* de vampiros y que llevaron la historia por un camino plagado de babosas y a través del laberinto hasta salir por el otro lado. A Kristopher Kam, el fenómeno de la publicidad, que siempre está ahí para planear de manera enrevesada cómo conseguir que mis libros lleguen al mayor número de manos posible, y a todo el equipo de marketing y publicidad de Delacorte Press y Get Underlined que son tan encantadores que los ataría a una silla con tal de pasar un rato con ellos. (Lo malo es que no tengo ni un lazo ni una silla lo suficientemente grande para todos, menudo par de descuidos gordos por mi parte). A mi correctora, Jackie Hornberger, que es tan inteligente y maravillosa que la querría en mi equipo en cualquier búsqueda del tesoro, ya fuera por un hotel infestado de murciélagos, por un viejo cementerio o, como es lo más probable, en un manuscrito en el que la búsqueda del tesoro fuera «encuentra todas las formas en las que Kiersten no sabe usar las comas o los guiones» y el premio final, hacer lo mismo en el siguiente libro. Por último, si tú, como Alexander, también juzgas los libros por sus portadas, puedes unirte a mí en el agradecimiento a Hannah Peck por ilustrar una portada tan fenomenal, y a Carol Ly, por diseñarla.

Además de las personas cuyo trabajo consiste en trabajar conmigo, hay muchas personas maravillosas a las que no se les paga por averiguar cuál es el motivo exacto por el que odio tanto las pasas, pero que de todos modos deciden pasar su tiempo conmigo. Stephanie Perkins y Natalie Whipple están detrás de todo lo que escribo, animándome, apoyándome y formando parte de mi equipo de todas las maneras imaginables. Llevo veinte años casada con mi mejor amigo, y su alegre interés por el mundo que nos rodea es una inspiración constante. Nuestros tres hijos me mantienen con los pies en la tierra sin necesidad de tenerlos ellos mismos, ya que todos son responsables hasta un punto casi espeluznante. Estoy muy contenta de ser su madre y de no haber desaparecido misteriosamente y haberlos dejado con una tía desconocida.

Aunque siempre nos queda el próximo verano...

Y, por último, a Kimberly, nuestro dinosaurio del patio trasero, que no ha hecho nada para merecer estar en estos agradecimientos, pero que también aparece en ellos.

¿TE GUSTÓ ESTE LIBRO?

Escríbenos a

puck@uranoworld.com

y cuéntanos tu opinión.

ESPAÑA /MundoPuck /Puck_Ed /Puck.Ed

LATINOAMÉRICA /PuckLatam

 /PuckEditorial

¡Gracias por vivir otra
#EXPERIENCIAPUCK!

 PUCK